転換期を読む27

［新訳］

桜の園

アントン・チェーホフ◆著

安達紀子◆訳

未來社

〔新訳〕桜の園◆目次

［新訳］桜の園

四幕の喜劇

アントン・チェーホフ作
安達　紀子訳

装幀——伊勢功治

登場人物（名前と父称は括弧内に記す）

ラネーフスカヤ（リュボーフィ・アンドレーエヴナ、愛称はリューバ）女地主
アーニャ　ラネーフスカヤの娘　十七歳
ワーリャ　ラネーフスカヤの養女
ガーエフ（レオニード・アンドレーヴィチ）ラネーフスカヤの兄
ロパーヒン（エルモライ・アレクセーヴィチ）商人
トロフィーモフ（ピョートル・セルゲーヴィチ、愛称はペーチャ）学生
シメオーノフ＝ピーシク（ボリス・ボリーソヴィチ）地主
シャルロッタ・イワーノヴナ（これは名前と父称）家庭教師
エピホードフ（セミョン・パンテレーヴィチ）執事
ドゥニャーシャ　小間使い
フィルス　下男、八十七歳の老人
ヤーシャ　若い下男
通りがかりの男
駅長
郵便局長

客人たち
召使

舞台はラネーフスカヤの領地。

第一幕

いまだに子供部屋と呼ばれている部屋。一方の扉はアーニャの部屋に通じている。夜明け、もうすぐ陽が昇る。もう五月なので桜の樹々は花を咲かせているが、庭は朝の冷え込みのせいで寒い。部屋の窓は閉まっている。

蠟燭を持ったドゥニャーシャと、本を手に持ったロパーヒンが登場。

ロパーヒン　やっと汽車が着いた。ああ、よかった。いま何時だい？
ドゥニャーシャ　もうすぐ二時です。（蠟燭を吹き消す）もう明るいわ。
ロパーヒン　汽車はどれぐらい遅れたんだろう？　まあ二時間は遅れたなあ。（あくびをして、伸びをする）おれものんきなもんだ、ほんと馬鹿だよ。駅でお迎えしようって、わざわざこっちまで来たくせに、寝過ごしちまうんだからなあ……すわったままぐっすりだ。クソッ……おまえが起こしてくれりゃよかったんだ。

ドゥニャーシャ　駅に行かれたんだとばかり思ってました。（耳を澄ます）ほら、もう着かれたようですよ。
ロパーヒン　（耳をそばだてる）いや、まだだろ……荷物を受け取ったり、いろいろあるからな……。

間。

ロパーヒン　奥さまは五年も外国にいらして、いまじゃどうなってらっしゃるかなあ……いい方だよ。気さくで、さわやかで。ああ思い出すなあ、おれが十五歳ぐらいの餓鬼だったころ。あのころ、亡くなったおやじは村の小さな店で商売をやってた。そのおやじがおれの顔に一発食らわして鼻血がどっと出た……どういうわけか一緒にこの屋敷に来ててね。おやじは酔っ払ってた。奥さまは、いまでもよく覚えてるけど、まだほんとにお若くて、こうほっそりしてらしたなあ。おれを洗面台まで連れてってくださった。ほら、それがこの部屋だ、この子供部屋だ。「泣かないでね、ちっちゃなお百姓さん、結婚するまでには治るからね」っておっしゃったんだ。

間。

ロパーヒン　ちっちゃなお百姓さん、か……たしかに、おれのおやじは百姓だった。だけど、おれはこのとおり、白いチョッキに黄色い靴なんか履いてる。豚が真珠つけて歩いてるみたいなもんか……ただ金《かね》はある、唸るほどあるんだ。といっても、よくよく考えれば、百姓は百姓だ……。（本のページをめくる）さっきも本を読んでたけど、なーんにも頭に入ってこない。読んでるうちに、ぐっすり寝ちまった。

間。

ドゥニャーシャ　でも犬たちはちゃんと一晩じゅう起きてましたよ。ご主人さまのお帰りだってわかるのねえ。
ロパーヒン　ドゥニャーシャ、おまえどうしたんだ……。
ドゥニャーシャ　手が震えるの。あたし気絶しそう。
ロパーヒン　ドゥニャーシャ、おまえはか弱い乙女か！　そんなお嬢さんみたいな格好して、髪型までお嬢さんだ。そりゃあいかん。身のほどをわきまえないと。

エピホードフが花束を持って登場。背広を着て、ピカピカに磨き上げたブーツを履いているが、そのブーツがひどく軋んで、キュッキュッという音を立てている。エピホードフは部屋に入りしなに花束を落とす。

エピホードフ　（花束を拾い上げる）どうぞ、庭師のおじさんからです。食堂に飾ってくださいって。（ドゥニャーシャに花束を渡す）

ロパーヒン　ついでにクワス〔ロシアの伝統的な清涼飲料。アルコールが少し入っている〕を持ってきてくれ。

ドゥニャーシャ　かしこまりました。（退場する）

エピホードフ　いま朝の冷え込みで、マイナス三度だっていうのに、桜は満開だ。この土地の気候にはどうも感心しないなあ。（ため息をつく）どうもねえ。ここの気候ときたら、季節にピタッと合わせるってことができないんだ。それで、ロパーヒンさん、ついでに言わせていただきますが、ぼく、おとといブーツを買ったんだけど、キュッ、キュッって音がして、ほんと、どうしようもないです。なにを塗っとけばいいですか？

ロパーヒン　いいかげんにしろ。ほんとにもう。

エピホードフ　毎日、なにかしら、ぼくの身に不幸が起きるんです。だから、ぼくは不平なんか言わない。もう慣れっこになって、微笑んでさえいるんです！

ドゥニャーシャ、登場。ロパーヒンにクワスを差し出す。

エピホードフ　じゃ、ぼくはこれで。（椅子にぶつかって、椅子を倒す）ほーらきた……。（勝ち誇ったように）ごらんのとおり、こう言っちゃなんですが、どういう巡り合わせなんだか。とにかく……ここまでくると、ほんと素晴らしいとしか言いようがないです。（退場）

ドゥニャーシャ　あのね、ロパーヒンさん、じつは、エピホードフがあたしに結婚を申し込んだんです。

ロパーヒン　へーえ！

ドゥニャーシャ　どうしたらいいか、わからないんです……おとなしい人なんだけど、ただ話し出したらもう、わけがわからなくって。親切だし、心もこもってるんだけど、さっぱりわからないの。あたしも、あの人のこと、どうも嫌じゃないみたいなんだけど、あの人ときたら、もうあたしにぞっこんなの。ほんと不幸な人で、毎日、あの人の身に何かが起きるんです。だから、うちではあの人、二十二の不幸せってからかわれてるんです……。

ロパーヒン　（耳を澄ませる）あっ、お着きになったようだ……。

ドゥニャーシャ　ほんとだわ！　あたし、どうしちゃったのかしら……寒気がする。

ロパーヒン　今度こそ、間違いない。出迎えに行こう。奥さま、おれのこと、おわかりになるかなあ？　五年ぶりだもんなあ。

ドゥニャーシャ　（興奮して）あたし、もう気絶しそう……ああ、気絶するわ！

二台の馬車が屋敷に乗り入れる音。ロパーヒンとドゥニャーシャは急ぎ足で退場。舞台は空っぽになる。隣の部屋が騒がしくなる。ラネーフスカヤを迎えにいっていたフィルスが杖をつきながら、急いだ様子で舞台を通っていく。フィルスは古めかしいお仕着せを纏《まと》い、山高帽を被っている。何やらひとりごとを呟いているが、ひと言も聞き取れない。舞台奥の声がますます騒がしくなる。「さあ、ここを通っていきましょう」という声。ラネーフスカヤ、アーニャ、鎖に繋いだ仔犬を連れたシャルロッタ。全員が旅行服姿。コートとスカーフを纏ったワーリャ、ガーエフ、シメオーノフ＝ピーシク、ロパーヒン、包みと傘を持ったドゥニャーシャ、荷物を持った召使たち――全員が部屋を通っていく。

アーニャ　ここを通っていきましょう。ねえママ、ここ、何のお部屋か覚えてる？
ラネーフスカヤ　（嬉しさがこみあげて涙ぐむ）子供部屋！
ワーリャ　ああ寒い、手がかじかんじゃったわ。（ラネーフスカヤに）おかあさまのお部屋は、白いお部屋も、すみれ色のお部屋も、そのままにしてあるんですよ。ね、おかあさま。
ラネーフスカヤ　子供部屋か、ああなつかしい、わたしの素敵なお部屋……小さい頃ね、わたしここで寝てたのよ……。（泣く）いまだってわたし、小さな子供みたい……。（兄のガーエフとワーリャにキスをして、ふたたび兄にキスをする）だけど、ワーリャは変わらないわね、相変わらず尼さんみたい。ドゥニャーシャ、あなたのこともすぐにわかったわよ……。（ドゥニャーシャにキスをする）

ガーエフ　汽車が二時間も遅れるとは、けしからん。秩序もなにもあったもんじゃない。

シャルロッタ　（ピーシクに）あたくしのワンちゃん、クルミを食べますのよ。

ピーシク　（驚いて）そりゃ、おったまげた！

アーニャとドゥニャーシャ以外は退場。

ドゥニャーシャ　すっごくお待ちしてたんですよ……。（アーニャのコートと帽子を脱がせる）

アーニャ　あたし、旅行のあいだ四日間、ずっと寝てないの……ひどく寒気がするわ。

ドゥニャーシャ　お嬢さまがお発ちになった四旬節〔大斎期とも言う。キリスト教では復活祭前の七週間が斎戒期間で、その間、肉類や乳製品を食してはならないとされる〕のときは、雪が降って、とっても寒かったですけど、いまはどうです。可愛いお嬢さま！（笑って、アーニャに接吻する）ほんと、お待ちしてました。ああ嬉しい、いとしいお嬢さま……いますぐお話ししたいことがあるんです、もう一分たりとも待てませんわ……。

アーニャ　（だるそうに）また何の話……。

ドゥニャーシャ　執事のエピホードフがね、復活祭〔ヨーロッパのイースターに当たる。春分のあと、最初の満月の次の日曜日に祝うと定められている〕のあと、あたしに結婚を申し込んだんです……。

アーニャ　またその話か……。（髪を直す）あたし、ヘアピンをぜーんぶ失くしちゃった……。（アーニャはよろけるほど、ひどく疲れている）

ドゥニャーシャ　ほんとにもう、どう考えたらいいか、わからないんです。あの人、あたしのことが好きなの、大好きなんですって！

アーニャ　（自分の部屋のドアを見つめて、なつかしそうに）あたしのお部屋、あたしの窓。あたし、まるでどこにも行かなかったみたい。あたし、うちにいるのね！　あした朝起きたら、すぐにお庭まで走っていこう……ああ、ちゃんと寝られるかなあ！　旅行のあいだ、ずっと寝られなかったの、もう不安で、心配で、くったくた。

ドゥニャーシャ　おととい、トロフィーモフさんが見えました。

アーニャ　（嬉しそうに）ペーチャ〔トロフィーモフの名前ピョートルの愛称〕が！

ドゥニャーシャ　離れのお風呂場なんかで寝起きして、もう居座っちゃってます。邪魔になっちゃいけないから、って。（自分の懐中時計を見て）もうあの人、起こさないといけないけど、ワーリャさんが駄目だっておっしゃるんです。トロフィーモフさんは起こすなって。

ワーリャが入ってくる。ベルトに鍵の束をつけている。

ワーリャ　ドゥニャーシャ、すぐにコーヒーを沸かして……おかあさまが飲みたいって。
ドゥニャーシャ　はい、ただいま。（退場）
ワーリャ　ああよかった、みんな帰ってきてくれて。アーニャがまたおうちにいる。（アーニャを優しく撫でながら）わたしの可愛い子が帰ってきた！　綺麗なお嬢さまが帰ってきた！
アーニャ　すごく大変だったの。
ワーリャ　わかるわ！
アーニャ　あたし、復活祭の前の週に出発したけど、寒かった。シャルロッタったら、旅の間じゅう、ずーっと喋りっぱなしで、手品ばっかりやってるの。なんであんな人、あたしに押しつけたの？……
ワーリャ　こんな可愛い子をひとりで行かせられるもんですか。まだ十七歳でしょ！
アーニャ　パリに着いたら、あっちも寒くて、雪だった。あたしのフランス語ときたら壊滅的。ママのお部屋は五階でね、あたしが行ってみると、わけのわからないフランス人の男の人や女の人でごった返し、本を持った年配の神父さまもいた。部屋じゅうタバコの煙がもうもうとして、息苦しかったわ。あたし、ママが急に可哀想になって、ものすごく可哀想になって、ママの頭を抱き寄せて、ぎゅっと両手で抱き締めたら、もう離せなくなっちゃった。ママはそれからずっとあたしに甘えっぱなしで、泣いてばっかりいた……。

ワーリャ　（涙ぐんで）もういいわ、もう言わないで……。
アーニャ　ママはね、マントン〔フランス東南部に位置する、ニースなどにも近い地中海沿いの保養地〕の近くの別荘も売ってしまったの。ママにはもうなんにも残ってないの、なーんにも。あたしだって、もう一銭も残ってなかったから、やっとのことで、うちまでたどり着いたのよ。それなのに、ママはぜんぜんわかってないの！　駅で食事をすると、一番高い料理を注文するし、給仕たちには一ルーブルずつチップをはずむし。シャルロッタも同じ料理。ヤーシャまでしっかり一人前とるんだから、ほんとやってられない。だって、ヤーシャはママの下男よ。一緒に連れてきちゃうなんて……。
ワーリャ　見たわ、嫌なやつね。
アーニャ　それで、どうなの？　利子は払えたの？
ワーリャ　そんなお金どこにあるの。
アーニャ　ああ、どうしよう、困ったわね……。
ワーリャ　八月にはこの領地が売られてしまう……。
アーニャ　ああ、どうしよう……。
ロパーヒン　（ドアに顔を覗かせ、羊の鳴きまねをする）メへへへ……。（退場）
ワーリャ　（涙ぐんで）……もう、こうしてやりたい（こぶしを握って威嚇して見せる）……。
アーニャ　（ワーリャを抱き締めて、小声で）ワーリャ、あの人、結婚を申し込んだ？（ワーリャ、首を横に振る）だって、あの人、ワーリャのことが好きでしょ……。どうして、お互いの気持ちをはっきりさせないの？　何をぐずぐずしてるの？

ワーリャ　わたしたち、どうにもならないと思う。あの人、仕事がたくさんあるから、わたしどころじゃないの……わたしには目もくれないの。勝手にすればいいわ。わたしもう、あの人を見るのが辛い……みんながわたしたちの結婚のことを話して、お祝いまで言ってくれるけど、ほんとはなにもないの。すべてが夢のまた夢……。（声の調子を変えて）あなたのブローチ、ミツバチみたいね。

アーニャ　（哀しそうに）これ、ママが買ってくれたの。（自分の部屋のほうに歩いて行き、楽しそうに、子供っぽく言う）あたし、パリで気球に乗っちゃった！

ワーリャ　わたしの可愛い子が帰ってきた！　綺麗なお嬢さまが帰ってきた！

ドゥニャーシャはすでにコーヒー沸かし器を持って戻ってきていて、コーヒーを入れている。

ワーリャ　（ドアのそばに立って）アーニャ、わたし一日じゅう家事で駆けずりまわっているけど、いつも夢みてるの。あなたをお金持ちの人にお嫁にやったら、わたしも安心して修道院に行けるわ。そのあと、キエフに行って……モスクワに行って……ずっーと聖地巡りをするの……たくさん、たくさん巡り歩くの。心が清められるわ！
アーニャ　庭で小鳥が啼《な》いている。いま何時？
ワーリャ　たぶんもう二時すぎよ。もう寝なきゃ、アーニャ。（アーニャの部屋に入りながら）ああ、心が清められる！

肩掛けと旅行カバンを持ったヤーシャ、登場。

ヤーシャ　（舞台を横切って行きながら、礼儀正しく）こちらを通らせていただいてもよろしいでしょうか？
ドゥニャーシャ　ヤーシャ、あなた見違えるわ。外国でこんなに立派になって。
ヤーシャ　ふーむ……どちらさまでしょうか？
ドゥニャーシャ　あなたがここを発ったとき、あたしまだこんなだったの。（手で背丈を示す）ドゥニャーシャよ、フョードル・コゾエドフの娘よ。覚えてないの？
ヤーシャ　ふーむ……可愛いねえ！（あたりを見まわしてから、ドゥニャーシャを抱き締める。ドゥニャーシャはキャッと言って、受け皿を落とす。ヤーシャはすばやく逃げる）
ワーリャ　（ドアのところに顔をのぞかせて不満そうな声で）また何かやったの？
ドゥニャーシャ　（泣き声で）お皿を割ってしまいました……。

ワーリャ　縁起のいいこと……。〔ロシアではお皿が割れると、縁起がいいという迷信がある〕
アーニャ　（自分の部屋から出てきて）ママに言っとかなきゃ、ペーチャが来てるって……。
ワーリャ　ペーチャは起こさないようにって言っといたわ。
アーニャ　（物想いに沈んで）六年前、パパが亡くなって、そのひと月あと、弟のグリーシャが川で溺れ死んだの。七歳の可愛いさかりだったのに。ママは耐えきれなくて、うちを出ていった。逃げていったのよ、わき目もふらずに……。（震えながら）あたし、ママの気持ち、すごくよくわかる。それがママに通じたらなあ！

間。

アーニャ　ペーチャ・トロフィーモフはグリーシャの家庭教師だったから、ママ、また思い出すんじゃないかなあ……。

フィルス、登場。背広に白いチョッキを着ている。

フィルス　（コーヒー沸かし器のほうに歩いていき、心配そうに）奥さまはこっちで召し上がる……。（白い手袋をはめる）コーヒーはできとるか？（ドゥニャーシャに厳しい口調で）おい！　クリームはどうした？
ドゥニャーシャ　あっ、しまった……。（慌てて出ていく）
フィルス　（コーヒー沸かし器のそばでいそいそと用意する）ああ、このうつけ者が……。（ひとりでブツブツ言っている）パリから帰ってきなすった……旦那さまもいつぞやは、パリに行きなすった……馬車にお乗りになって……。（笑う）
ワーリャ　フィルス、何を言ってるの？
フィルス　何か御用で？（嬉しそうに）あっしの奥さまが帰ってきなすった！　待ってた甲斐がありやした！　もうこれで、いつ死んでも本望じゃ……。（歓びのあまり涙ぐむ）

ラネーフスカヤ、ガーエフ、ロパーヒン、シメオーノフ＝ピーシク、登場。シメオーノフ＝ピーシクは薄地のラシャの半ゴートに乗馬ズボンという出で立ち。ガーエフは登場しながら、両手や胴体を動かして、まるでビリヤードをしているような仕草をする。

ラネーフスカヤ　それ何だったかしら？　待って、思い出してみるから……黄玉をコーナーに！　空クッションをセンターに！
ガーエフ　カットしてコーナーに！　昔はこの部屋でいっしょに寝たもんだなあ、リューバ。ところが私も、もう五十一歳だ、なんだか不思議だなあ……。

ロパーヒン　そう、時は流れていくんです。
ガーエフ　はあっ？
ロパーヒン　時は流れていくって言ったんです。
ガーエフ　だけど、ここは殺虫剤の匂いがする……。
アーニャ　あたし、もう寝るわ。おやすみなさい、ママ。（母にキスする）
ラネーフスカヤ　わたしの可愛い可愛い子。（アーニャの手にキスする）おうちに帰れて嬉しい？
わたしはまだ朦朧としてるわ。
アーニャ　おじさま、じゃあまたね。
ガーエフ　（アーニャの顔と両手にキスする）ゆっくりお休み。おまえはほんと、おかあさんそっくりだ！（妹のラネーフスカヤに）リューバ、若いころのおまえは、この子そっくりだったんだよ。

アーニャはロパーヒンとピーシクに手を差し出すと立ち去り、ドアを閉める。

ラネーフスカヤ　あの子、とっても疲れてるの。
ピーシク　長旅だったんでしょうなあ。
ワーリャ　（ロパーヒンとピーシクに）皆さん、よろしいですか？　二時も過ぎましたから、もうお開きの時間ですよ。

ラネーフスカヤ　（笑う）変わってないわねえ、ワーリャ。（ワーリャを自分のほうに引き寄せてキスする）
じゃあ、コーヒーを飲んだら、解散にしましょうね。

フィルスがラネーフスカヤの足の下にクッションを置く。

ラネーフスカヤ　ありがとう、じいや。わたしコーヒー中毒になっちゃったの。昼も夜もコーヒーばっかり。ありがとう、わたしのじいや。（フィルスにキスする）
ワーリャ　荷物がぜんぶ届いているか、確かめとかなきゃ。（退場）
ラネーフスカヤ　わたし、ほんとにうちにいるのかしら？（笑い声をあげる）跳びはねて、はしゃぎたい気分よ。（両手で顔を覆う）まるで夢みたい！　ほんとにわたし、生まれ故郷が大好き、もうなつかしくって。汽車の窓からなにも見えなかったのよ、泣いてばかりいたから。（涙ぐんで）だけど、コーヒーを飲まないとね。ほんとにありがとう、フィルス。ありがとう、わたしのじいや。おまえがまだ生きていてくれて、ほんとに嬉しいわ。
フィルス　あさってでございます。
ガーエフ　耳が遠いんだよ。
ロパーヒン　私はこれから、朝の四時過ぎにハリコフ〔キエフに次ぐウクライナ第二の都市〕に発ちます。いやあ残念です！　奥さまとじっくり向き合って、お話がしたかったのですが……奥さまは相変わらず、じつにお美しい。
ピーシク　（苦しげに息をする）さらに美しくなられたぐらいだ……パリ風に着こなされて……奥さまのお為とあらば、拙者は火の中、水の中……。
ロパーヒン　お兄さまのガーエフさんは私のことを厚かましい男だとか、成り上がりの守銭奴だとかおっしゃる。でもそんなこと、私にとってはまったくどうでもいいことです。言わせておきましょう。でも、奥さまにだけは、いままでどおり私のことを信じていただきたいのです。奥さまの、そのえもいわれぬ澄んだ瞳で、いままでどおりに私を見ていただきたいのです。お願いですから。……私の親父は奥さまのおじいさまとお父さまの農奴でした。だけど奥さまは、奥さまだけは、本当に親切にしてくださいました。だから、私はなにもかも水に流して、奥さまを家族のように大切に思っております……いや、家族以上に大事なお方です。
ラネーフスカヤ　わたし、じっとしてられないわ、そんなの無理……。（さっと立ち上がって、ひどく興奮しながら歩きまわる）嬉しすぎて、もうどうかなりそう……わたしって、バカみたいね。どうぞ笑ってちょうだい……わたしの想い出の本棚……。（本棚にキスする）わたしの可愛いテーブル。
ガーエフ　おまえがいないあいだに、ばあやが亡くなったよ。
ラネーフスカヤ　（すわって、コーヒーを飲む）そうだったわね。冥福をお祈りします。知らせはもらったわ。
ガーエフ　アナスタシーも亡くなった。やぶ睨みのペトルーシュカはうちを出て、いまじゃ町

の警察署長のとこにいるよ。（ポケットからドロップの入った小箱を取り出し、ドロップをしゃぶる）
ピーシク　うちの娘のダーシェンカが……よろしくと言っとりました……。
ロパーヒン　奥さまに何かとびきり愉快な、楽しいお話をしたいのはやまやまなんですが（時計を見る）、これから出かけないといけないので、お話してる暇がありません……なので、手短に言いますね。もうご存知だと思いますが、奥さまの桜の園は借金のかたに、近々、売りに出されます。八月二十二日がその競売の日になっております。でも奥さま、心配なさらず、大船に乗った気分でいてください。手立てはあります……私の提案なんですけど、よーく聞いてくださいよ！　お宅の領地は街から二十キロぐらいしか離れてませんし、近くに鉄道も通っています。ですから、桜の園と川沿いの土地を細かく分けて、別荘として貸し出したら、少なく見積もっても年に二万五千ルーブルの収益が見込めるんです。
ガーエフ　こう言っちゃなんだが、じつに下らん話だ！
ラネーフスカヤ　おっしゃってることが、よくわからないんですけど、ロパーヒンさん。
ロパーヒン　一ヘクタールの土地につき、少なくとも年に二十五ルーブルずつ収益があがるということです。いますぐ広告を出せば、私が自信をもって請け合いますが、秋までに空いている土地なんかこれっぽっちも残ってないでしょう、ぜんぶ買い手がつきますからね。要するに、万事ＯＫ、みなさんは救われるんです。立地条件は抜群、川の水も豊か。ただ、もちろん、手を入れて、整備しておかないといけませんよ……たとえば、古い建物は壊さないと。この屋敷なんか、もうなんの役にも立ちませんし、古い桜の園もばっさり伐り倒して……。
ラネーフスカヤ　ばっさり伐り倒す、ですって？　あの、お言葉ですけど、あなた、なにもわかってないのね。もし、この県内で、なにか人を魅了するもの、素晴らしいとさえ言えるものがあるとしたら、それは、わたしたちの桜の園だけなのよ。
ロパーヒン　桜の園が素晴らしいのは、途方もなくでっかい、ということだけです。サクランボは二年に一度実るだけで、それだってやり場がないでしょう、買い手がつかないんですから。
ガーエフ　この桜の園は百科事典にまで載ってるんだぞ。
ロパーヒン　（時計を見て）もしなんの手も打たないで、このまま放っておくと、八月二十二日、桜の園も、この領地も、ぜんぶ競売にかけられてしまいますよ。ご決断ください！　ほかに手立てはないんです、ほんとうに。ないと言ったら、ないんですよ。
フィルス　昔、四十年前か、五十年前、サクランボを干したり、シロップ漬けにしたり、マリネにしたり、ジャムを作ったりしたもんですな、それに昔は……。
ガーエフ　黙ってろ、フィルス。
フィルス　それに、干したサクランボを何台もの荷馬車に積んで、モスクワやハリコフに運んだこともございました。いいお金になりましたなあ！　昔は干したサクランボがやわらかくて、みずみずしくて、甘くて、いい香りで……当時は作り方を知ってたんですな。
ラネーフスカヤ　それで、いまはその作り方はどうなったの？

フィルス　忘れちまいました。だーれも覚えちゃいません。
ピーシク　（ラネーフスカヤに）パリで何かありましたか？　どうだったんです？　カエルでも食べましたかな？
ラネーフスカヤ　ワニを食べたわ。
ピーシク　そりゃ、おったまげた……。
ロパーヒン　これまで、田舎には地主と百姓しかいませんでした。でもいまじゃ別荘に住む人たちが現われました。すべての町の周辺に、ごく小さな町でも郊外にいまでは別荘が立ち並んでいます。それこそ、あと二十年もたてば、別荘の数は途方もなく膨れ上がるでしょう。いまのところ、別荘族たちはバルコニーでお茶を飲んでるだけですが、そのうち自分の一ヘクタールの土地で農業を始めるかもしれません。そうなれば、みなさんの桜の園だって、幸せで豊かな楽園になるんです……。
ガーエフ　（憤然として）愚の骨頂だ！

ワーリャとヤーシャ、登場。

ワーリャ　お母さま、電報が二通来てましたよ。（音をたてながら鍵束から鍵をひとつ取り出し、古い本棚を開ける）はい、これ。

ラネーフスカヤ　パリからだわ。（読みもしないで電報を破る）パリのことは、もうおしまい……。
ガーエフ　なあリューバ、この本棚、何歳か知ってるか？　先週、この本棚のいちばん下の引き出しをひっぱり出して、ふと見ると、焼印で年号が押してあるじゃないか。この本棚は奇しくも百年前に造られたんだ。凄いだろう！　な？　百周年のお祝いをしてやらなきゃ。これは生きてるわけじゃないけど、なんてったって、書物を保管する棚なんだよ。
ピーシク（驚いて）百年……そりゃ、おったまげた！
ガーエフ　こりゃ、ちょっとした代物だぞ……。（本棚に触りながら）心から敬愛する、わが親愛なる本棚よ！　百年以上の永きにわたり、善と正義の理想を目指してきた汝の勲功を褒め称えよう。実り豊かな仕事をせよと呼びかける汝の声なき声は、百年の時の流れを経てもなお衰えず、（涙ぐむ）幾世代にもわたり我ら一族に活力を与え、より良き未来を信じる心の支えとなり、善意と社会的自覚の理想を我らのなかにはぐくんでくれたのだ。

間。

ロパーヒン　はあ……。
ラネーフスカヤ　相変わらずね、兄さん。
ガーエフ　コンビネーションで右のコーナーに！　カットしてセンターへ！

ロパーヒン　（時計を見て）じゃ、私はこれで。
ヤーシャ　（ラネーフスカヤに薬を渡す）お薬はいまお飲みになられたら、よろしいかと。
ピーシク　医薬品なんか飲んだってねえ、奥さん、毒にも薬にもなりゃしませんよ……こっちによこしてください、マダム。（薬を手に取って自分の手の平の上に置くと、口の中に放り込んでクワスといっしょに飲んでしまう）ほら、このとおり！
ラネーフスカヤ　（ぎょっとして）あなた、気でも狂ったの？
ピーシク　薬はぜーんぶ頂戴いたしました。
ロパーヒン　馬の大食いってやつか。

皆、笑う。

フィルス　この御仁は復活祭のときも、うちで樽半分のキュウリを平らげちまいましたなあ……。（ぶつくさ呟いている）
ラネーフスカヤ　何を言っているの？
ワーリャ　もうこの三年、ずっとあんなふうにぶつくさ言ってるんです。わたしたちはもう慣れましたけど。
ヤーシャ　耄碌《もうろく》じいさんってわけだ。

シャルロッタが舞台を横切る。非常に痩せていて、バンドで締め付けるように白いワンピースを着ている。バンドにはロルネットをはさんでいる。

ロパーヒン　これはシャルロッタさん、ご挨拶が遅れました。（シャルロッタの手にキスしようとする）

シャルロッタ　（手を引っ込めながら）手に接吻するのを許したら、次は肘に、次は肩にって来るんでしょ……。

ロパーヒン　今日はついてないなあ。

皆、笑う。

ロパーヒン　シャルロッタさん、手品を見せてくださいよ！

ラネーフスカヤ　シャルロッタ、手品、見せてよ！

シャルロッタ　いやです。わたし、ねむいの。（退場）

ロパーヒン　三週間後にまたお会いしましょう。（ラネーフスカヤの手に接吻する）では、失礼します。もう行かないと。（ガーエフに）さようなら。（ピーシクと接吻を交わす）さよなら。（ワーリャに手を差し伸べ、その後、フィルスとヤーシャに手を差し出す）行きたくないなあ。（ラネーフスカヤに）別荘のこと、よく考えて決心がついたら、ご連絡ください。五万ルーブルほどご用立てしますよ。真剣にお考えください。
ワーリャ　(腹立たしげに) もう、さっさと行きなさいよ！
ロパーヒン　いま行きます、行きますよ……。(退場)
ガーエフ　厚かましいやつだ。おっと失礼 (パルドン) ……ワーリャはあの男と結婚するんだったな。ありゃワーリャのお婿さんだ。
ワーリャ　おじさま、余計なこと、おっしゃらないで！
ラネーフスカヤ　あら、ワーリャ、いいじゃない。わたしはとっても嬉しい。いい人じゃない。
ピーシク　あの人は、本当に……なかなか立派な人物だ……うちのダーシェンカだってそう言っとりました……いろいろとまあ言っとりました。(一瞬いびきをかくが、すぐに目を覚まして) あのう、それはそうと、奥さま、貸してくださらんかなあ、二百四十ルーブルほど……明日、抵当の利子を払わにゃならんのです……。
ワーリャ　(ぎょっとして) あるわけないでしょ、そんなお金！
ラネーフスカヤ　わたし、ほんとにすっからかんなの。
ピーシク　どっかから出てきますって。(笑う) 希望は絶対に捨てないことです。いつぞやも、「ああなにもかもおしまいだ、これでお陀仏だ」と思いきや、なんとまあ驚いたことに、うちの土地に鉄道が通って……立退き料がころがりこんだってなもんで……それにダーシェンカが二十万当てるでしょう……宝くじを持っとりますから。
ラネーフスカヤ　コーヒーも飲んでしまったから、お開きにしましょう。
フィルス　（ガーエフの洋服にブラシをかける。諭すように）また違うズボンを履いていなさる。困ったお方だ！
ワーリャ　（囁き声で）アーニャが寝ているわ。（静かに窓を開ける）もう陽が昇ったから、寒くないわ。おかあさま、ご覧になって、桜並木がなんて見事なんでしょう！　ああ、この空気！　ムクドリが啼いているわ！
ガーエフ　（もう一方の窓を開ける）庭一面、真っ白だね。覚えてるかい、リューバ。ほら、この長い並木道は帯みたいにずーっとまっすぐ、果てしなく伸びているから、月夜になると、白く光って見えるんだ。覚えてるかい？　忘れちゃいないよね？
ラネーフスカヤ　（窓の外の庭を眺める）ああ、わたしの子供時代、清らかなわたしの想い出！　わたしはこの子供部屋で寝起きして、ここからお庭を眺めていたわ。毎朝、幸せな気持ちで目を覚ましたわ。このお庭、あのころとちっとも変わってない。（歓びのあまり笑う）庭一面、どこもかしこも真っ白……ああ、わたしのお庭！　あの暗い、どんよりした秋が過ぎて、寒い冬が終わったら、おまえはふたたび若返って、幸福に満ちあふれている。空の天使たちがおまえを見捨てはしなかったのね……もし、わたしの胸や肩からこの重石《おもし》を取り去ることができたなら、もし過去を忘れることができたら！

ガーエフ　そうか、この庭も借金のかたに売られてしまうのか、なんか変な話だなあ……。
ラネーフスカヤ　見て、亡くなったおかあさまが、お庭を歩いてらっしゃる……白いドレスを着て！（歓びのあまり笑う）あれは、おかあさまよ。
ガーエフ　どこに？
ワーリャ　しっかりなさって、おかあさま。
ラネーフスカヤ　誰もいない、気のせいだったのね。右側のあずまやの角っこに、白い木が垂れているでしょ、あれが女の人に見えたの……。

トロフィーモフ、登場。よれよれの学生服を着て、眼鏡をかけている。

ラネーフスカヤ　すてきな、すてきなお庭！　あふれんばかりの白い花、青い空……。
トロフィーモフ　ラネーフスカヤさん！

ラネーフスカヤ、振り返ってトロフィーモフを見る。

トロフィーモフ　ご挨拶だけして、すぐに失礼します。（手に熱く接吻する）朝まで待つように言われたんですけど、我慢できなくて……。

ラネーフスカヤ、けげんそうに見つめる。

ワーリャ　（涙ぐんで）ペーチャ・トロフィーモフですよ。
トロフィーモフ　ペーチャ・トロフィーモフです。グリーシャ君の家庭教師をしていた……ぼく、そんなに変わりました？

ラネーフスカヤはトロフィーモフを抱き締め、静かに泣く。

ガーエフ　（困ったように）ああ、泣くなよ、リューバ。
ワーリャ　（泣く）だから言ったでしょ、ペーチャ、朝まで待っててって。
ラネーフスカヤ　わたしのグリーシャ……わたしの坊や……グリーシャ……可愛い息子……。
ワーリャ　どうしようもないわ、おかあさま、神さまのご意志ですもの……。
トロフィーモフ　（優しく、涙ぐみながら）泣かないで、もう泣かないでください……。
ラネーフスカヤ　（さめざめと泣く）あの子は死んでしまった、溺れ死んだの……どうして？　ねえ、どうしてなの……。（声をひそめて）あっちでアーニャが寝てるっていうのに、わたしったら大きな声をあげて……騒いだりして……だけど、ペーチャ、どうしちゃったの？　なんでまた、こんなにみっともなくなっちゃったの？　なんでこんなに老けちゃったの？
トロフィーモフ　汽車の中でも知らないおばさんから、禿げの旦那って言われましたよ。
ラネーフスカヤ　あの頃はあなた、まるで子供で、可愛い学生さんだったのに、いまじゃ髪の毛も薄いし、眼鏡までかけて。あなた、ほんとにまだ学生さんなの？
トロフィーモフ　ぼくはきっと、永遠にさすらえる学生です。
ラネーフスカヤ　（兄に接吻し、そのあとワーリャにキスする）さあ、もう寝ましょう……年とったわね、兄さんも。
ピーシク　（ラネーフスカヤのあとをついていきながら）つまり、もうお休みになるってわけですな……ああ、おれのこの痛風が……今夜はお宅に泊めていただきますよ……奥さま、お優しい奥さま、明日の朝……例の二百四十ルーブルをぜひ……。
ガーエフ　この男、自分のことばっかりだ。
ピーシク　二百四十ルーブル……利子を払わにゃならんのです。
ラネーフスカヤ　わたし、お金ないの、ごめんなさい。
ピーシク　返しますって、奥さん……はした金でしょう……。
ラネーフスカヤ　わかったわ、兄さんに出してもらいましょう……兄さん、貸してあげてよ。
ガーエフ　この男に貸せってか、そうはいかんよ。
ラネーフスカヤ　だって、しかたないじゃない、貸してあげてよ……この人、困ってるんですもの……返してくれるわよ。

ラネーフスカヤ、トロフィーモフ、ピーシク、フィルス、退場。ガーエフ、ワーリャ、ヤーシャが残る。

ガーエフ　妹は浪費する癖が抜けてないなあ。（ヤーシャに）頼むから、あっちへ行っとくれよ、おまえはニワトリの匂いがするんだ。

ヤーシャ　（苦笑いをして）ガーエフさん、ほんと相変わらずですねえ。

ガーエフ　なんだって？（ワーリャに）こいつ、なんて言ったんだ？

ワーリャ　（ヤーシャに）おまえのお母さんが田舎から出てきて、きのうから召使部屋で待ってるわよ。おまえに会いたいって。

ヤーシャ　そんなのほっときゃいいんだ！

ワーリャ　まあ、恥知らずねえ！

ヤーシャ　大きなお世話だ。明日くりゃ、いいのに。（退場）

ワーリャ　おかあさまったら昔のまんまね。ちっとも変わってないわ。おかあさまの好きにさせておいたら、ぜんぶばらまいちゃうわね。

ガーエフ　そうだな……。

間。

ガーエフ　もしある病気に対して、非常にたくさんの治療法を勧められたら、それは不治の病だってことだ。私が考えに考えて、頭を搾ると、たくさんの治療法が思い浮かぶ、じつにたくさんのね。でもそれは、実際には、ひとつとして治療法がないってことだ。誰かから遺産が転がり込むか、アーニャを凄いお金持ちのところに嫁にやるか、ヤロスラヴリ〔モスクワ州北東部に接するヤロスラヴリ州の州都〕のおばさんのところに行って助けてもらうか。だっておばさんは、本当にお金持ちだから。

ワーリャ　（泣く）神さまが助けてくだされればねえ。

ガーエフ　泣くんじゃないよ。おばさんは大金持ちなんだ。ただわれわれのことを良く思ってない。第一に、妹が貴族の家に嫁がないで、弁護士なんかと結婚してしまったからねえ……

アーニャが戸口に現われる。

ガーエフ　貴族でない男と結婚したうえに、妹はあまり身持ちがいいとは言えない。そりゃ、気立てが良くて、優しくて、素晴らしい女性だから、私は妹が大好きだ。だけど、どう大目に見ても、品行方正とは言いがたい。それはちょっとした仕草にもあらわれているよ。
ワーリャ　（囁き声で）アーニャが戸口にいます。
ガーエフ　なんだって？

間。

ガーエフ　いやあ、びっくりした、何か右目に入ってしまった……目がよく見えないなあ。木曜日に、地区の裁判所に行ったんだけど……。

アーニャが部屋に入ってくる。

ワーリャ　どうしたの、アーニャ、寝られないの？
アーニャ　うん、ぜんぜん寝られないの。
ガーエフ　可愛いアーニャ。（アーニャの顔や両手にキスする）わが子よ……。（涙ぐんで）おまえは姪なんかじゃない、私の天使だよ。おまえは私のすべてだ。信じておくれ、私を信じておくれよ。
アーニャ　おじさまのこと、信じてるわ、おじさまはみんなに好かれてるし、尊敬もされてる……でもね、おじさま、おじさまは黙ってなきゃ、とにかく黙ってて。たったいまだって、おじさま、あたしのママのこと、何て言った？　ご自分の妹なのに、なんであんなふうに言うの？
ガーエフ　そう、そうだね……。（アーニャの手で自分の顔を覆う）ほんと、ひどいよね！　ああなんてことだ！　救いがたいね！　それに今日、本棚の前で演説をしてしまったね……じつに馬鹿げたことだ！　しかも演説をしたあとやっと、馬鹿げたことだって気づいたよ。
ワーリャ　そうね、おじさまは黙ってらしたほうがいいわ。黙ってらしたら、それでいいの。
アーニャ　黙ってたほうが、おじさまご自身も、もっと穏やかでいられるわ。
ガーエフ　黙るよ。（アーニャとワーリャの両手に接吻する）黙る。ただ肝心なことだけ話そう。木曜日、私が地区の裁判所に行ったら、人が集まっていて、いろんな話が出たんだ。そこで聞いた話じゃ、どうも手形で借金をしたら、銀行の利子が払えそうなんだよ。
ワーリャ　神さまのお助けがありますように！
ガーエフ　火曜日にもう一度行って、話してみよう。（ワーリャに）めそめそしなさんな。（アーニャに）おまえのおかあさんには、ロパーヒンと話し合ってもらおう。もちろん、あの男はいやとは言うまい……で、おまえは休養をとってから、おまえのおばあさん、つまりヤロスラヴリの伯爵夫人のところに行くんだ。そんなふうに三方から攻めれば、万事うまくいくよ。利子は払える、そう確信してるよ……。（ドロップを口の中に放り込む）私の名誉にかけて誓うよ、われわれの領地が売られてたまるか！（興奮して）私の幸せにかけて誓うよ！　ほら、この手が証人だ。

もし私が競売を阻止できなかったら、この私をろくでなし、恥知らずと呼ぶがいい！　私の全身全霊にかけて誓うよ！

アーニャ　（彼女はふたたび落ち着いた気分になり、幸せである）おじさま、なんていい人なの！　なんて頭がいいの！（おじに抱きつく）あたし、もう安心した！　安心したわ！　あたし、幸せよ！

フィルス、登場。

フィルス　（とがめるように）ガーエフさま、罰が当たりますぞ！　いつになったらお休みになるんで？

ガーエフ　いま行くよ、いま。おまえはもう下がっていいよ、フィルス。そうしてくれ、着替えは自分でするから。さあ、娘たちよ、バイバイだ……詳しいことは明日話すから、もう寝なさい。（アーニャとワーリャに接吻する）私は八〇年代〔一八七〇年代のナロードニキ運動が挫折して、一八八〇年代は無気力とペシミズムが社会に蔓延していた〕の人間だ……この時代は誉められたものじゃない。それでも、私は自分の信念を貫くために、相当な人生経験を積んできたんだ。私が農民に好かれるのには理由があるんだ。農民のことをよく知ってないとなあ。知ってないといけないんだ、農民がどういった……。

アーニャ　おじさま、また始まった！

ワーリャ　おじさま、黙ってらして。
フィルス　（怒って）ガーエフさま！
ガーエフ　行くよ、行きますよ……みんなもお休み。ダブルクッションでサイドポケットへ！ばっちり決めるぞ……。（退場。フィルス、ひょこひょことガーエフのあとからついて行く）
アーニャ　これで安心したわ。ヤロスラヴリには行きたくないもの。あのおばあさま、好きじゃない。でも安心したわ。おじさまに感謝しなきゃ。（すわる）
ワーリャ　もう寝なきゃ。行きましょう。あなたがいないとき、嫌なことがあったの。古い召使部屋には、年配の召使たちが住んでるでしょう。エフィームに、ポーリャに、エフスチグネイに、カルプ。あの人たち、得体の知れない浮浪人たちを部屋に泊めるようになったの。わたし大目に見てたんだけど、なんとまあ、わたしのことエンドウ豆しか食べさせない、ドケチだって言いふらしてるのよ……これもみんなエフスチグネイの仕業よ……そういうことなら、こっちだって考えがあるって、エフスチグネイを呼びつけて……。（あくびする）言ってやったわ、「どういうことなの、エフスチグネイ……あんたはほんとに大馬鹿だ」って……。（アーニャを見て）アーニャ！……

間。

ワーリャ　寝ちゃった！……（アーニャの腕を抱えて）お部屋に行きましょ……行きましょうね！……（アーニャを連れて行く）わたしの可愛い子がおねんねだ！　行きましょう……。

歩いて行く。

庭の遥か向こうで牧童が牧笛を吹いている。

トロフィーモフ、舞台を通って歩いていく。そして、ワーリャとアーニャを見て、立ち止まる。

ワーリャ　しーっ……この子、寝てるの……眠ってるの……行きましょうね、いい子、いい子。

アーニャ　（小声で、半分寝ながら）あたし、すごく疲れた……鈴が鳴ってる……おじさま……いい人ね……ママも、おじさまも……。

ワーリャ　行こう、アーニャ、行きましょうね……。（アーニャの部屋に退場）

トロフィーモフ　（感きわまって）ぼくの太陽！　ぼくの青春！

――幕――

第二幕

野原。とうの昔に打ち棄てられ、傾きかかった古めかしい小さな礼拝堂。その傍らに井戸。かつては墓石であったと思われる大きな石が並んでいる。古びたベンチがひとつ。ガーエフの屋敷に通じる道。その脇にはポプラの樹々が聳え立ち、夕闇に黒ずんで見える。このあたりから桜の園が拡がっている。遠方に電信柱が列を成して立ち並び、遥か彼方の地平線上に大きな街の姿がぼんやりと浮かび上がる。その街は空が澄みきって、晴れ渡っている天気の日にしか望めない。まもなく陽が暮れようとしている。シャルロッタ、ヤーシャ、ドゥニャーシャがベンチに腰かけている。エピホードフがそのそばに立って、ギターを奏でている。みんな物想いにふけっている。シャルロッタは古ぼけたひさしのついた帽子を被り、肩から銃を下ろして、ベルトの留め金を直している。

シャルロッタ　(物想わしげに)あたしにはほんものの身分証がない。だから自分の歳がわからないし、いつも自分は若いような気がしている。あたしが小さな女の子だったころ、パパとママは定期市をまわって、見世物をやっていたんだ。とっても素敵な見世物だった。あたしもとんぼ返りやいろんな芸をやった。でもパパとママが死んじゃったから、あたし、ドイツ人の奥さんに引き取られて、勉強を教えてもらった。そのおかげで、大人になってから家庭教師になれたってわけ。だけど、自分がどこの誰なのかわからない……パパとママがどういう人なのか、ちゃんと結婚してたのかどうかも……わからない。（ポケットからキュウリを取り出して食べる）なーんにもわからないの。

間。

シャルロッタ　おしゃべりがしたくてたまらないけど、相手がいない……あたしにはだーれもいない。

エピホードフ　（ギターを弾きながら歌う）「騒がしい世間を離れた身、友も敵もいりはせぬ……」〔十九世紀末にはやった感傷的な恋の歌の冒頭〕マンドリンを弾くのはじつにいいなあ！

ドゥニャーシャ　それ、ギターよ。マンドリンじゃないわ。（手鏡をのぞきながら、おしろいをはたく）

エピホードフ　恋に狂った男にとっては、マンドリンだ……。（口ずさむ）「相思相愛の炎で心燃えれば……」

ヤーシャ、それに合わせて歌う。

シャルロッタ　ひどい歌……フン！　ジャッカルが吠えてるみたい。

ドゥニャーシャ　（ヤーシャに）それにしても、外国で暮らせるなんて、ほんと幸せね。

ヤーシャ　もちろん、そうさ。反論の余地なし。（あくびをしてから、煙草を吸いはじめる）

エピホードフ　それは自明の理です。外国じゃ、とっくに何から何まで完璧にコムプリート（complete）されてますからね。〔「完成されている」と言いたいのだが、ロシア語の комплекция は「体格」の意味〕

ヤーシャ　あったりまえよ。

エピホードフ　ぼくは知性のある人間で、いろんな素晴らしい本を読んできました。それなのに自分が真に望んでいる方向性をどうしても認識できないのです。つまり、生きるべきか、自殺すべきか。じつを言うと、何はともあれ、ぼくはいつもピストルを持ち歩いているのです。ほら、このとおり……。（ピストルを見せる）

シャルロッタ　これでよしっと。もう行くわ。（銃を担ぐ）エピホードフ、あんたはとっても利口で、とっても怖い人。女たちはあんたに首ったけだろうね。ああ、おっかない！（歩いていく）ここの利口ぶった連中ときたら、みんな馬鹿ばっかり。あたしの話し相手なんて、いやしない……いつも独り、いつだって独りぼっち、あたしには誰もいない……そのうえ、自分が何者で、何のため生きているのかもわからない……。（ゆっくりと退場）

エピホードフ　じつは、ほかのことはともかく、ぼく自身のことを話すと、ぼくは残酷なる運命に翻弄されているのです。嵐に翻弄される小舟のようにね。ぼくの言うことは間違っているでしょうか。たとえば、けさ目を覚ましたら、なんと、恐ろしくでっかい蜘蛛が、ぼくの胸の上に鎮座しているのです……こーんなにでっかいやつがね（両手で示してみせる）。そのうえ、喉がかわいて、クワスを手にとってみると、不愉快きわまりないゴキブリなんぞがプカプカ浮いてるんです。

間。

エピホードフ　ところで、あなたはバックル博士〔ヘンリー・バックル。イギリスの歴史家、世界屈指のチェスプレーヤー、『文明の歴史』の著者。一八二一〜一八六二〕をお読みになりましたか？

間。

エピホードフ　ドゥニャーシャさん、あなたにちょっとお話したいのですが。
ドゥニャーシャ　どうぞ。
エピホードフ　できれば、二人きりでお話したいです……。（ため息をつく）

ドゥニャーシャ　（困ったように）わかったわ……でもその前に、あたしのマントを持ってきてくださらない……戸棚のそばにありますから……ここはちょっと冷えるから……。
エピホードフ　わかりました……お持ちしましょう……これで、ぼくのピストルをどうしたらいいか、わかりましたよ……。（ギターを持ち、弾きながら立ち去っていく）
ヤーシャ　二十二の不幸せか！　バッカなやつだ、ここだけの話だけどね。（あくびをする）
ドゥニャーシャ　自殺でもされたら、どうしよう。

間。

ドゥニャーシャ　あたし、すっかり心配性になって、いつもビクビクしてるの。あたしはまだ小さいときに旦那さまの家に連れて行かれたから、もう庶民の生活は忘れてしまったの。だからほら、手だってこんなに真っ白、お嬢さまみたいでしょ。あたし、こんなにか弱く、こんなにデリケートに、こんなにお上品になってしまったから、なにもかもが怖いの……とっても怖いの。だからね、ヤーシャ、もしあんたがあたしをだましでもしたら、あたしの神経、どうなっちゃうか、わかんないわよ。
ヤーシャ　（ドゥニャーシャにキスをする）可愛いねえ！　もちろん、若い女性たるもの皆、身の程をわきまえなくちゃいけない。ふしだらな女ほど、いやなものはないからな。

ドゥニャーシャ　あたし、あんたのこと、もう大好きになっちゃったの。あんたは教養があるし、どんなことにだって自分の考えをちゃんともってるんだもの。

間。

ヤーシャ　（あくびをする）そうかい……おれに言わせりゃ、若い女が誰かを好きになったら、もうその女はふしだらだってことさ。

間。

ヤーシャ　空気がきれいなところでタバコを吸うってのは最高だねえ……。（耳を澄ませる）誰か来る……旦那たちだ……。

ドゥニャーシャ、ひしとヤーシャを抱き締める。

ヤーシャ　家に帰んな。川に水浴びに来たような振りをして、こっちの道を通って行くんだ。ばったり出くわして、おれたちがデートしてるなんて思われたら、まずいからな。

ドゥニャーシャ　（静かに咳をする）タバコのせいで眩暈がするわ……。（退場）

ヤーシャはその場に残り、礼拝堂のそばに座る。ラネーフスカヤ、ガーエフ、ロパーヒン登場。

ロパーヒン　いま決断しないといけません――時は待ってくれませんよ。単純明快なことじゃないですか。この土地を別荘にするのか、しないのか？　ひとこと、イエスかノーか、答えてください。たったのひとことですよ！
ラネーフスカヤ　ここでタバコを吸ったのは誰？　いやな匂い……。（腰かける）
ガーエフ　まったく、鉄道が通って便利になったなあ。（腰を下ろす）ふらっと街に出て、食事をして戻って来られるんだからなあ……黄玉をセンターへ！　先に帰って、ひとゲームしたいな……。
ラネーフスカヤ　まだ時間あるわよ。
ロパーヒン　たったひとことでいいんです！（懇願するように）答えてくださいよ！
ガーエフ　何の話だい？
ラネーフスカヤ　（自分の財布の中を見る）きのうはいっぱいお金があったのに、きょうは雀の涙。ワーリャが可哀想。みんなにはミルクスープを出して、台所の年寄りたちの賄いはエンドウ豆だけで倹約してるっていうのに、わたしったら、なんだか無駄遣いばっかり……。（財布を落としてしまい、金貨が散らばる）あら、ばら撒いちゃったわ。（自分に腹を立てる）

ヤーシャ　私が拾って差し上げましょう。（コインを拾い集める）

ラネーフスカヤ　お願いね、ヤーシャ。それにしても、わたしなんでまた食事になんか行ったのかしら……あのレストランひどかった。あの音楽、テーブルクロスときたら、石鹸のにおいがプンプンして……兄さん、なんであんなに飲んだの？　なんであんなに食べたの？　なんであんなにおしゃべりしたの？　きょうもレストランで兄さん、ずいぶんおしゃべりだった。しかも場違いなことばっかり。七〇年代やデカダンの話なんかして。しかも相手は誰？　給仕さんたちを相手に、デカダンの話なんてするかしら！

ロパーヒン　そうなんですか。

ガーエフ　（手を振る）わしのこの病気は治らんねえ、これだけは確かだ……。（いらいらして、ヤーシャに）いったいなんなんだ、いつもいつも目の前をウロチョロしおって……。

ヤーシャ　（笑う）旦那さまのそのお声、可笑しくてたまりませんよ。

ガーエフ　（妹に）こんなやつと一緒にいられるか！

ラネーフスカヤ　あっちへ行きなさい、ヤーシャ、さあ。

ヤーシャ　（ラネーフスカヤに財布を返す）それでは失礼します。（笑うのをやっとこらえて）ただいま退散いたします……。（退場）

ロパーヒン　あなたがたの領地を、大富豪のデリガーノフが買うつもりらしいですよ。競売には本人が自ら乗り込んで来るそうです。

ラネーフスカヤ　どこでそんなこと聞いたの？

ロパーヒン　街では噂になってます。

ガーエフ　ヤロスラヴリのおばさんがお金を送る約束をしてくれたんだけど、いつ、いくら送ってくれるのか、わからないなあ。

ロパーヒン　いくら送ってもらえるんです？　十万ですか？　二十万ですか？

ラネーフスカヤ　せいぜい……一万か一万五千ね、それでもありがたいわ。

ロパーヒン　失礼ながら、あなたがたみたいに呑気な、世間知らずの変わり者は見たことがありませんよ。ちゃんとロシア語で、あなたがたの領地が売却されてしまうと言っているのに、まるでわかっていない。

ラネーフスカヤ　わたしたち、いったいどうしたらいいの？　どうしたらいいか、教えてちょうだい。

ロパーヒン　毎日言ってるじゃないですか。毎日、毎日、おんなじことを言ってますよ。桜の園も、その他の土地も、別荘として貸し出すしかないって、それもいますぐ。なるべく早くそうしないと、競売の日は迫っています！　わかってくださいよ！　別荘にするってきっぱりと決めてください。そうすれば、いくらでもお金が入りますから、あなたがたは救われるんです。

ラネーフスカヤ　別荘とか、別荘族とか……なんだか品がないわ。悪いけど。
ガーエフ　まったくおまえの言うとおりだ。
ロパーヒン　私はもう泣き叫ぶか、大声で怒鳴るか、ぶっ倒れるしかありません。もう我慢できない！　うんざりだ！（ガーエフに）あなたは女の腐ったような人だ！
ガーエフ　なんだって？
ロパーヒン　女の腐ったような人だ！（行ってしまおうとする）
ラネーフスカヤ（ひどく驚いて）いやだ、行かないで、ここにいて、あなた。お願いだから。何か考えつくかもしれないでしょ。
ロパーヒン　いまさら何を考えるんです！
ラネーフスカヤ　行かないで、お願い。あなたがいてくれるほうが、なんだか気が晴れるから……。

間。

ラネーフスカヤ　わたし、ずっと嫌な予感がするの、うちの家がわたしたち目がけて崩れ落ちてくるんじゃないかって。
ガーエフ（深い物想いに沈んで）空クッションでコーナーに……コンビネーションでセンターへ

……。
ラネーフスカヤ　だってわたしたち、ずいぶん罪深いことをしてきたんですもの……。
ロパーヒン　そんな、罪深いだなんて……。
ガーエフ　（ドロップを口の中に放り込む）私の罪は、全財産をドロップで食いつぶしたことだとさ……。（笑う）
ラネーフスカヤ　あー、わたしの罪は……気が狂ったみたいに、いつも湯水のようにお金を浪費してきたこと。そのうえ借金するしか能のない人と結婚して。主人はシャンパンのせいで死んだのよ。底なしに飲んでたから。しかも不幸なことに、わたしはほかの人を好きになってしまって、その人と一緒になった。で、ちょうどそのとき、最初の天罰がくだったの。ガツーンって脳天を叩き割られた。ほら、そこの川で……わたしの坊やが溺れ死んだの。それでわたし、外国に逃げたの。もう二度と帰るまい、二度とあの川は見たくないって、きっぱりここから立ち去ったの……わき目もふらずに、無我夢中で逃げたの、なのにあの人、わたしを追ってきた、ずうずうしく、思いやりのかけらもなく。わたし、マントンの近くに別荘を買ったわ。そこであの人が病気になったから。それから三年というもの、昼も夜も、つきっきりであの人を看病したの。病人にいびりまくられて、わたしの心はすっかり干からびてしまった。昨年、借金のかたにその別荘も売ってパリに出てきたら、あの人、またわたしから巻き上げるだけ巻き上げた。挙句の果てにわたしを棄てて、ほかの女と一緒になったの。わたし、毒を飲んで死のうとしたわ……ほんと愚かね、恥ずかしいわ……で、そのとき、急に、ロシアへ、生まれ故郷へ、わが娘のところへ帰りたくなったの……。（涙を拭う）神さま、神さま、どうかご慈悲を、わたしの罪をおゆるしください！　これ以上、わたしに罰を与えないでください！（ポケットから電報を取り出す）きょう、パリから受け取ったの……ゆるしてくれ、戻ってくれって……。（電報を破る）どこかで音楽を演奏してるみたい。（耳を澄ませる）
ガーエフ　あれは、ここの有名なユダヤ人の楽団だよ。覚えてるだろ、四台のヴァイオリンに、フルートにコントラバス。
ラネーフスカヤ　あれ、まだやってるの？　いつか、あの人たちをうちに呼んで、舞踏会でもやりましょうよ。
ロパーヒン　（耳を澄ませる）私には聞こえないなあ……。（小さな声で歌う）「お金のためなら、ドイツっポ、ロ助をフランス野郎に仕立てたり」（笑う）きのう劇場で観た芝居が、すっごくおかしかったんです。
ラネーフスカヤ　きっと、おかしくもなんともなかったんじゃない。あなたはお芝居なんか観てないで、自分のことをもっと考えないと。あなたはひどくつまらない生活をして、余計なおしゃべりばっかりしてるわ。
ロパーヒン　そのとおりです。はっきり言って、われわれの人生は馬鹿げています……。

間。

ロパーヒン　私の親父は愚かな百姓で、なにひとつわかっちゃいませんでした。なんにも教えてくれないで、ただ酔っ払って私を殴っていました。いつだって棍棒でね。ほんとうを言うと、私もおんなじように間抜けの愚か者です。なんの教育も受けていないし、字はひどく下手くそで、文章ときたら、恥ずかしくて人に見せられたものじゃない。豚まるだしですよ。

ラネーフスカヤ　あなた、結婚すればいいのよ。

ロパーヒン　はあ……まあ、それはそうですが。

ラネーフスカヤ　うちのワーリャなんかどう。あの子、いい子でしょ。

ロパーヒン　はい。

ラネーフスカヤ　あの子は平民の出で、一日じゅう、よく働いてくれるわ。それになんといっても、あの子はあなたのことが好きなのよ。あなただって、ずっと前からあの子が気に入ってるんでしょ。

ロパーヒン　そりゃまあ。私もいやじゃないです……いい娘さんですから。

間。

ガーエフ　じつは、銀行で働かないかって誘われてるんだ。年収、六千ルーブルだって……どうだい？
ラネーフスカヤ　兄さんには無理よ！　おとなしくしてらっしゃい……。

フィルス、登場。コートを持ってきたのだ。

フィルス　（ガーエフに）旦那さま、お召しになってくださいまし。冷えますぞ。
ガーエフ　（コートを着る）うるさいなあ、おまえは。
フィルス　またそんな……けさ方も、黙ってお出かけになって。（ガーエフをまじまじと見る）
ラネーフスカヤ　ずいぶん年をとったわねえ、フィルス！
フィルス　なんでございますか？
ロパーヒン　あんたが年をとったっておっしゃったのさ！
フィルス　ずいぶん永く生きとります。嫁をとれと言われたとき、あなたさまのお父上はまだこの世に生まれておられなんだ……。（笑う）農奴解放令（一八六一年、アレクサンドル二世によって発令された農奴解放令）が出ましたときには、あっしはもう下男頭になっとりました。あのとき、あっしは農奴解放には反対で、旦那さまのもとに残ったわけでして。

間。

フィルス　よう覚えとりますが、みな浮かれとりました。何が嬉しいやら、ようわかりもせず。

ロパーヒン　昔はほんと、よかったなあ。なにしろ、鞭打ちのご褒美がありましたからねえ。

フィルス　（聞き取れず）当然じゃよ。旦那さまあっての百姓、百姓あっての旦那さまですからなあ。それがいまじゃ、なにもかもあべこべ、わけがわかりませんのう。

ガーエフ　黙ってろ、フィルス。明日は用事で街に行くよ。ある将軍に引き合わせてもらうんだ。手形で金を貸してくれるかもしれん。

ロパーヒン　絶対にうまくいきませんよ。利子すら払えないでしょう。なにもじたばたしなくていいです。

ラネーフスカヤ　この人、寝言を言ってるだけよ。将軍なんているもんですか。

トロフィーモフ、アーニャ、ワーリャ、登場。

ガーエフ　ああ、みんながきた。

アーニャ　ママがいる。

ラネーフスカヤ　（優しく）さあ、こっちにいらっしゃい……わたしの娘たち。（アーニャとワーリャを抱き締める）わたしがあなたたちのこと、どんなに大事に思っているか、わかってくれたらねえ。隣にすわって、そうここに。

皆、すわる。

ロパーヒン　うちの万年学生どのは、いつもお嬢さんたちと一緒だな。
トロフィーモフ　ほっといてください。
ロパーヒン　もうすぐ五十になるってのに、まだ学生やってるんだ。
トロフィーモフ　そういう馬鹿な冗談、やめてくださいよ。
ロパーヒン　変だなあ、なにをそう怒ってるんだい？
トロフィーモフ　そっちこそ、いい加減にしてください。
ロパーヒン　（笑って）ひとつ伺おう。君はぼくのこと、どう思ってる？
トロフィーモフ　ロパーヒンさん、ぼくはこう思ってますよ。あなたは金持ちで、そのうち百万長者になるでしょう。新陳代謝のためには、手当たり次第なんでも食ってしまう猛獣も必要ですよね。そういう意味で、あなたも必要な人間です。

皆、笑う。

ワーリャ　それよりペーチャ、お星さまの話をして。
ラネーフスカヤ　いいえ、それよりも、きのうの話の続きをしましょうよ。
トロフィーモフ　何の話でしたっけ？
ガーエフ　誇り高き人間の話だよ。
トロフィーモフ　昨日ぼくたち、ずいぶん長く話してましたけど、なにも結論が出ませんでしたね。みなさんのご意見では、誇り高き人間には何か神秘的なところがあるということでしたね。もしかしたら、ある意味でそれは正しいかもしれません。だけど、もし率直に、単純に考えてみたら、誇りをもつことが何になります？　もし人間が生物として貧弱なうえに、その大多数が粗野で、知性がなく、ひどく不幸なのだとしたら、誇りをもったところで、何の意味があります？　自己満足はやめにして、ただひたすら働くべきなんです。
ガーエフ　いずれにしろ、死んでしまうんだ。
トロフィーモフ　わかりませんよ！　だいたい死ぬってどういうことですか？　もしかしたら、人間は百もの感覚をもっていて、死によって失われるのは、ぼくたちがよく知っている五つの感覚だけで、ほかの九十五の感覚は生き続けるのかもしれませんよ。
ラネーフスカヤ　なんて頭がいいの、ペーチャ！
ロパーヒン　（皮肉っぽく）おっそろしくね！

トロフィーモフ　人類は能力を向上させながら、前進しています。いまの人類には手の届かないことも、やがて身近な、理解できるものになるでしょう。ただひたすら働いて、真理を探究している人たちを全力で助けなければなりません。いまこのロシアでは、働いている人はほんのわずかです。ぼくの知っているインテリの圧倒的多数がなにも求めないし、なにもしない。いまのところ、働く能力すらない。「私はインテリだ」とか言いながら、下男には「おまえ」呼ばわり、百姓たちは動物扱い。ろくに勉強もしないし、真面目な本はなにも読まない。まったくなにもしないで、ただ学問について話すだけ。芸術のこともろくにわかっちゃいない。みんな真面目くさって、気難しい顔で話すのは、もったいぶったことばかり。哲学をこねまわしてるだけだ。だけどその傍らで、労働者たちはひどい食事をしている。三十人も四十人も同じ部屋に押し込められて、枕もしないで寝てるんだ。そこらじゅう南京虫だらけ。臭くて、じめじめして、不道徳きわまりない……明らかに、気のきいた会話なんて、なにもかも自分や他人の目をごまかすためなんだ。教えてほしいものです、あれだけ必要だと言われている託児所が、この国のどこにあります？　どこに図書館があります？　そういうものはみんな小説に書かれているだけで、実際にはまずないんですよ。あるものといえば、不潔、低俗、野蛮、これだけです……。ぼくは真面目くさった顔が嫌いだし、ぞっとします。真面目くさった話にも鳥肌が立ちます。それなら黙っている方がましです！

ロパーヒン　私はね、朝四時すぎに起きて、朝から晩まで働いています。まあ、いつも自分のお金や人さまのお金を扱っていますから、まわりにどんな連中がいるか、わかってしまうんです。なにかことを始めると、誠実でまともな人間がどんなに少ないか、すぐにわかりますよ。眠れない夜、私はときどき考えるんです。神さまはわれわれに巨大な森、広大な草原、果てしない地平線を授けてくださった。こんな大地に住んでいる以上、われわれだって、本当の意味での巨人になるべきだってね……。

ラネーフスカヤ　あなたは巨人が必要だって言うのね……だけど、巨人がいいのは、おとぎ話のなかだけよ。ほんとに出てきたら怖いじゃない。

舞台の奥をエピホードフが通る。ギターを弾いている。

ラネーフスカヤ　（物想いに沈んで）エピホードフが歩いてる。

アーニャ　（物想いに沈んで）エピホードフが歩いてる。

ガーエフ　陽が暮れたよ、君たち。

トロフィーモフ　そうですね。

ガーエフ　（低い声で、朗読するように）おお、自然よ、妙なる自然よ、汝は永遠なる光に輝く。麗しくも、冷淡なる自然よ。母と名づけられし汝は生と死を孕み、万物を産み落としては滅ぼすなり……。

ワーリャ　（哀願するように）おじさま！
アーニャ　おじさま、またやっちゃった！
トロフィーモフ　あなたには、「黄玉を空クッションでセンターに！」の方がお似合いですよ。
ガーエフ　黙るよ、黙ります。

全員、物想わしげにすわっている。静寂。聞こえるのはフィルスがつぶやく声だけ。と、突然、遠くの方から、まるで天空から降ってきたような音が響き渡る。それは弦が断ち切れたような音で、哀しげに消えていく。

ラネーフスカヤ　いまのは何？
ロパーヒン　さあねえ。どこか遠くの炭鉱でバケットが落ちたんでしょう。でも、どこかずっと遠いところですよ。
ガーエフ　もしかして、なにかの鳥かな……サギみたいな。
トロフィーモフ　あるいはミミズクか……。
ラネーフスカヤ　（身体を震わせる）なんだか胸騒ぎがする。

間。

フィルス　あの不幸の前も同じでしたな。フクロウがけたたましく鳴いて、サモワールがずっと唸ってましたなあ。
ガーエフ　不幸って何のことだ？
フィルス　農奴解放のことで。

間。

ラネーフスカヤ　さあ、みなさん、行きましょう。もう日が暮れるわ。（アーニャに）あら、泣いてるの……アーニャ、どうしたの。（アーニャを抱き締める）
アーニャ　なんでもないの、ママ。大丈夫。
トロフィーモフ　誰か来ます。

くたびれた白いつば付き帽を被り、コートを着た通りがかりの男が現われる。少し酔っ払っている。

通りがかりの男　ちょいと伺いますが、ここを通り抜けたら、駅に行けますかい？

ガーエフ　うん。この道を歩いていけばいい。

通りがかりの男　まっことありがとうございます。（咳払いをして）素晴らしい天気ですなあ……。（朗読口調で）同胞よ、苦悩せし同胞よ……ヴォルガ河に向かって叫ぶがよい……そはなんびとの叫びか……。（ワーリャに）マドモワゼル、このひもじいロシアの同胞に、小銭を恵んではくださらんか……。

　ワーリャは怯えて叫び声をあげる。

ロパーヒン　（憤慨して）厚かましいにもほどがあるぞ！

ラネーフスカヤ　（あっけにとられて）いまあげるわ……ほら……。（財布の中を探す）銀貨がない……ま、いいわ、さあ、金貨よ……。

通りがかりの男　まっことありがとうございます！（立ち去る）

　笑い声。

ワーリャ　（ギョッとして）わたし、帰るわ……帰ります……。ああ、おかあさま、家じゃ、みんな食べるものがないっていうのに、おかあさまったら、あんな男に金貨を渡すなんて。

ラネーフスカヤ　わたしって馬鹿ね、どうしようもないわ！　家に帰ったら、持ってるお金、ぜんぶあなたに渡すから。ロパーヒンさん、もう少し貸してくださらない！

ロパーヒン　承知しました。

ラネーフスカヤ　みなさん、行きましょう。もう帰る時間だわ。ワーリャ、さっきあなたの結婚のお話、まとめておいたわよ。おめでとう。

ワーリャ　（涙を浮かべて）おかあさま、そういう冗談はやめてください。

ロパーヒン　オフメーリヤ〔シェイクスピアの『ハムレット』のオフィーリヤと言う代わりに、ロシア語の動詞オフメリーチ（酔わせる）を使ってもじっている〕よ、尼寺へ行くがよい……。

ガーエフ　ああ腕がうなるなあ。もうずっとビリヤードをやってなかったから。

ロパーヒン　オフメーリヤ、ああ、水の精よ、わがために祈っておくれ！

ラネーフスカヤ　行きましょう、みなさん。もうすぐ夕食よ。

ワーリャ　ああ、怖かった。心臓がこんなにドキドキしてる。

ロパーヒン　皆さん、忘れないでください、八月二十二日には桜の園が売りに出されます。真剣に考えてくださいよ！　いいですね！……

トロフィーモフとアーニャ以外は全員、退場。

アーニャ　（笑いながら）さっきの人に感謝しなきゃ、ワーリャをおどかしてくれて。おかげで二人きりになれたわ。

トロフィーモフ　ワーリャはぼくたちが急に恋に落ちるんじゃないかって、このところずっと、ぼくたちを見張ってるんだ。彼女、料簡が狭いから、ぼくたちが恋愛を超越してるってことがわからないんだ。ぼくたちの自由や幸福を妨げる、つまらないこと、曖昧なことを取り除く、これこそが、ぼくたちの人生の目的だ。そこにこそ人生の意味がある。前進あるのみだ！　遙か彼方に輝く明るい星を目指して、ぼくたちはひたすら前進する！　前進あるのみ！　遅れるな、友よ！

アーニャ　（手をたたきながら）あなたのお話、最高！

間。

アーニャ　今日はここ、最高ね！

トロフィーモフ　うん、天気も最高だ。

アーニャ　ペーチャ、あなた、あたしに何をしたの？　なんであたし、もう昔ほど桜の園が好きじゃないの？　あたし、あんなに桜の園が大好きだったのに、桜の園より素晴らしいところなんて、世界のどこにもないって思ってたのに。

トロフィーモフ　ロシアじゅうが、ぼくたちの庭なんだ。大地は宏大で、じつにうつくしい。ロシアには素晴らしい場所が山ほどある。

間。

トロフィーモフ　よく考えてほしい、アーニャ。きみのおじいさんも、ひいおじいさんも、ご先祖さまも、みんな生きた農奴たちを所有する地主だった。この庭のさくらんぼの一つ一つから、葉っぱの一枚一枚から、幹の一本一本から、人間の魂がきみたちをじっと見つめているのを感じない？　その声が聞こえてこない？……生きた人間を所有する――このことがきみたち全員をすっかり変えてしまったんだ、かつて生きていた人たちも、いま生きている人たちもね。だって、きみも、おかあさんも、おじさんも、玄関より先に通してやらない人たちを犠牲にして、その人たちのおかげで生きているってことに、もう気づきもしないだろう。ぼくたちは少なくとも二百年は遅れている。ぼくたちはまだなにも手に入れていないし、自分たちの過去と向き合う姿勢がまるでない。ただ哲学をこねまわしたり、憂鬱だと愚痴をこぼしたり、ウォッカを飲んだりしているだけだ。でもいま、ぼくたちが本当に生活を始めるには、まず過去を贖《あがな》わないといけない、過去と訣別しないといけないんだ。それは、はっきりしている。だけど過去を贖うには、ひたすら苦しむしかない、ただ絶え間なく、命がけで働くしかない。それをわかってほしいんだ、アーニャ。
アーニャ　あたしたちが住んでいる家は、もうずっと前からあたしたちの家じゃないのね。あたし、ここから出て行くわ。そう誓います。
トロフィーモフ　もし、きみが家の鍵を持っているなら、それを井戸に棄てて、出て行くんだ。自由になるんだ、風のように。
アーニャ　（感激して）その言葉、すてき！
トロフィーモフ　ぼくを信じて、アーニャ。信じてほしい！　ぼくはまだ三十歳になっていない、ぼくは若いし、まだ学生だけど、たくさんの試練に耐えてきた！　寒い冬、ぼくは腹をすかせて、病気で、不安で、乞食みたいに貧乏だった。運命に翻弄されるまま、いろんな土地を渡り歩いた！　それでも、ぼくの心はどんなときでも、昼も夜も、なんとも言いようのない予感でいっぱいだったんだ。ぼくは幸福を予感している。アーニャ、ぼくにはもう、目の前に幸福が見えているんだ……。
アーニャ　（物想わしげに）月が出たわ。

エピホードフがギターでさっきと同じ物哀しい歌を奏でているのが聞こえる。月が出る。どこかポプラの木のそばでワーリャがアーニャを探して呼んでいる。「アーニャ、どこにいるの？」

トロフィーモフ　ほんとだ、月が出たね。

間。

トロフィーモフ　ほら、目の前に幸福がある、幸福がやって来る、どんどん近づいてくる、ぼくにはもう、その跫音《あしおと》が聞こえる。もし、ぼくたちが幸福を目にしなくても、それに気づかなかったとしても、どうってことはない。他の誰かが気づいてくれるよ！

ワーリャの声。「アーニャ、どこにいるの？」

トロフィーモフ　またワーリャか！　（腹を立てて）うっとうしいなあ！
アーニャ　じゃあ、川のほうへ行きましょうよ。あそこがいいわ。
トロフィーモフ　うん、行こう。

トロフィーモフとアーニャは歩いていく。

ワーリャの声。「アーニャ！　アーニャ！」

――幕――

第三幕

アーチによって広間と隔てられた客間。シャンデリアに灯がともっている。第二幕で話題になった例のユダヤ人の楽団が玄関の間で演奏しているのが聞こえる。夕方。広間では大円舞《グラン・ロン》を踊っている。シメオーノフ＝ピーシクの声がする。「ペアを組んで前へ！」みんなが客間に入ってくる。最初のペアはピーシクとシャルロッタ、二番目のペアはトロフィーモフとラネーフスカヤ、三番目のペアはアーニャと郵便局長、四番目のペアはワーリャと駅長などなど。ワーリャは静かに泣いている。踊りながら、涙を拭う。最後のペアはドゥニャーシャ。全員、客間を踊りながら進んでいく。ピーシクが叫ぶ。「大円舞はバランスをとって！」「男性の皆さんは跪いて、女性の皆さんに一礼」。燕尾服を着たフィルスがドイツ製の炭酸水をお盆に載せて運んでいる。ピーシクとトロフィーモフが客間に入ってくる。

ピーシク　わしは血の気が多すぎて、もう二度も卒中をやっとるから、踊るのはしんどいなあ。だけど、群れに入ったからには吠えないまでも尻尾ぐらいは振れって言うからねえ。もっともわしは馬みたいに丈夫なんだ。天国にいるわしのおやじは冗談好きで、わしらの出生について、こう言っとったよ。なんでも、シメオーノフ＝ピーシクの古い先祖は、ローマのカリギュラ皇帝〔在位三七〜四一。ネロ顔負けの暴君。元老院を軽んじ、自らの愛馬をその議員に任命した〕から元老院の議席を賜った馬だったとか……。（すわる）ああ、だけど、困ったことに、金がないんだ！　飢えたる犬は肉のみを信じるってね……。（一瞬いびきをかき、次の瞬間に目を覚ます）わしもおんなじでね……信じられるものは、お金だけ……。

トロフィーモフ　そういえば、あなたは体つきもなんだか馬みたいですね。

ピーシク　まあね……馬はいい動物だ……馬は売り物になるからねえ……。

　隣の部屋でビリヤードをやっているのが聞こえる。広間のアーチの下にワーリャが現われる。

トロフィーモフ　（からかって）マダム・ロパーヒン！　マダム・ロパーヒン！

ワーリャ　（腹を立てて）なによ、禿げちゃびんの旦那！

トロフィーモフ　たしかにぼくは禿げちゃびんだけど、それを誇りに思ってますよ！

ワーリャ　（苦々しい思いで）あーあ、楽団を呼ぶのはいいけど、どうやって支払うのよ？（退場）
トロフィーモフ　（ピーシクに）あなたは生涯を通じて利子の支払いのためにエネルギーを費やしてきましたけど、そのエネルギーを悉《ことごと》く、何かほかのことに向けていたら、最後の最後には地球だってひっくり返せたでしょうねえ。
ピーシク　哲学者のニーチェが……あのきわめて偉大で有名な……途方もない知性の持ち主が、著作のなかで言っとりますなあ。「偽札を作るもよし」ってね。
トロフィーモフ　え、あなた、ニーチェをお読みになったんですか？
ピーシク　いやその……娘のダーシェンカが話してくれたんで。なにしろ、いまのわしは偽札でも作りたい心境で……あさって三百十ルーブル払わんといかんのです……なんとか百三十は手に入れたけど……。（ポケットの中を手探りして、不安そうに）金《かね》がない！　なくしてしまった！（涙ぐんで）どこいった？（嬉しそうに）ああ、あった、内ポケットの中に……こりゃ冷や汗もんだ……。

ラネーフスカヤとシャルロッタ、登場。

ラネーフスカヤ　（コーカサス地方の民謡を口ずさむ）どうして、兄さんはちっとも帰ってこないの？街で何してるのかしら？（ドゥニャーシャに）ドゥニャーシャ、楽団の人たちにお茶を差し上げて……。

トロフィーモフ　きっと競売は成立しなかったんですよ。
ラネーフスカヤ　楽団が来たのも間が悪かったし、舞踏会をやったのも日が悪かったわ……まっ、いいっか……。（すわって、小声で口ずさむ）
シャルロッタ　（ピーシクにトランプの束を渡す）ここに一組のトランプがあります。どれか一枚のカードを思い浮かべてください。
ピーシク　はい、思い浮かべました。
シャルロッタ　では、トランプを切ってください。たいへん結構。こっちにください。ああ、いとしのピーシクさん。アイン、ツヴァイ、ドゥライ！　では、探してくださいね、あなたのカードは脇のポケットの中にあります……。
ピーシク　（脇のポケットからカードを取り出す）スペードの8、どんぴしゃりだ！……（驚きながら）こりゃ、おったまげた！
シャルロッタ　（トランプの束を手のひらに載せて、トロフィーモフに）さあ、すぐに答えて、一番上のカードは何？
トロフィーモフ　そうですねえ？　ううんっと、スペードの女王。
シャルロッタ　はいっ、ありました。（ピーシクに）じゃあ、一番上のカードは何？
ピーシク　ハートのエース。
シャルロッタ　はいっ、そのとおり！……（手のひらをたたくと、トランプの束は消える）ああ、今日はなんていい天気なの！

謎めいた女の声が、まるで床の下から響くようにシャルロッタに答える。「はい、申し分のない天気です、奥さま」。

シャルロッタ　私の素敵な理想の人……。

声「奥さま、私もあなたが大好きです」。

駅長（拍手をする）こりゃ腹話術の名人だ、ブラーヴォ！
ピーシク（驚きつつ）こりゃ、おったまげた！　小悪魔のようなシャルロッタさん、わしゃもう、あんたに恋をした……。
シャルロッタ　恋ですって？（肩をすくめる）あなたに恋ができまして？　人は良くても、音楽はダメでしょ。
トロフィーモフ（ピーシクの肩をたたいて）とんでもない馬だ、あんたは……。
シャルロッタ　さあご注目、もうひとつ手品をやります。（椅子から長いショールを取る）とっても素敵なショールでしょ、これを売ってあげましょう……。（ショールを振りかざす）どなたか、買いませんか？
ピーシク　（びっくりして）こりゃ、おったまげた！
シャルロッタ　アイン、ツヴァイ、ドゥライ！（両手で垂らしていたショールをサッと振り上げる）
ショールの後ろにアーニャが立っている。アーニャは右膝をかがめてお辞儀をし、母親の方に駆け寄って抱き締めると、皆の喝采を受けながら、広間の方へ走り去る。
ラネーフスカヤ　（拍手をしながら）ブラーヴォ、ブラーヴォ！
シャルロッタ　それでは、もう一度！　アイン、ツヴァイ、ドゥライ！
ショールを引き上げると、そこにワーリャが立っていて、お辞儀をする。
ピーシク　（驚いて）こりゃ、おったまげた！
シャルロッタ　おっしまい！（ピーシクの方にショールを投げ、右膝をかがめてお辞儀をすると、広間のほうへ走り去る）
ピーシク　（あわててシャルロッタのあとについていく）ファム・ファタル……小悪魔さん！……凄い女《によ》性《しょう》だ！（退場）

ラネーフスカヤ　ああ、兄さん、まだ帰ってないわ。街で何してるのかしら、こんなにぐずぐずして、わからないわ！　だってもう終わってるはずでしょ。領地は売れてしまったのか、競売が成立しなかったのか、どうしてこんな時間になっても知らせてくれないの！
ワーリャ　（ラネーフスカヤを慰めようとして）おじさまが買ったんですよ、きっとそうだわ。
トロフィーモフ　（皮肉っぽく）そうかなあ。
ワーリャ　おばあさまがおじさまに委任状を送ってくださったでしょう。借金の肩をもつから、おじさまがおばあさまの名義で領地を買い戻すようにって。おばあさま、アーニャのためにそうしてくださったのよ。神さまのご加護で、おじさまが落札してくださるって、わたし信じてますわ。
ラネーフスカヤ　ヤロスラヴリのおばあさまがご自分の名義で領地を買い戻すようにって送ってくださったのは一万五千ルーブルなのよ。つまりね、おばあさまはわたしたちのこと、信用してらっしゃらないってこと。だって、そのお金じゃ利子すら払えないんですもの。（両手で顔を覆う）今日、わたしの運命が決まるんだわ、運命がね……。
トロフィーモフ　マダム・ロパーヒン！
ワーリャ　（かっとなって）この万年学生が！　もう二度も大学から追い出されたくせに。
ラネーフスカヤ　なに怒ってるの、ワーリャ。ロパーヒンさんのことでからかわれたって、別にいいじゃない。その気があるなら、結婚すればいいのよ。だってあの人、いい人だし、見どころもある。でもいやなら、結婚しなくてもいいのよ。ねえワーリャ、誰もあなたに強制なんかしてないわ。

ワーリャ　わたし、結婚のこと、真剣に考えてます。おかあさま、はっきり言って、あの人は

いい人だし、わたしは好きです。

ラネーフスカヤ　じゃあ、結婚しなくちゃ。何を待ってるの、わからないわ！

ワーリャ　だっておかあさま、わたしから結婚を申し込むわけにはいかないでしょう。もうこの二年、みんながあの人のことでわたしをはやしたてるけど、あの人、黙っているか、冗談を言うだけなの。わたし、わかってます。あの人はお金持ちになって、仕事が忙しいから、わたしどころじゃないの。もし、ほんの少しでもお金があれば、それこそ百ルーブルもあれば、わたしなにもかも棄てて、遠くに行きます。修道院に入ります。

トロフィーモフ　心も清められるでしょう！

ワーリャ　（トロフィーモフに）学生はもっと利口なものでしょ！（口調をやわらげて、涙ぐみ）あなた、なんてみっともなくなったの。ペーチャ、ずいぶん老けてしまったわねえ！（ラネーフスカヤに、もう泣きやんで）ただ、おかあさま、わたし仕事をしないではいられないんです。ひっきりなしに何かやってないと気がすまないんです。

ヤーシャが入ってくる。

ヤーシャ　（やっとのことで吹き出しそうになるのをこらえながら）エピホードフがビリヤードのキューを折っちゃいましたよ！……（退場）

ワーリャ　なんでエピホードフがここにいるの？　ビリヤードをやっていいなんて、誰が言ったの？　まったく、わけのわからない人たちねえ……。（退場）

ラネーフスカヤ　ワーリャをからかわないでね、ペーチャ。わかるでしょ、そうでなくっても、あの子、辛い思いをしてるの。

トロフィーモフ　あの人は真面目すぎて、自分に関係のないことにまで首を突っ込んでくるんです。夏じゅう、ぼくもアーニャもつきまとわれて苦労しました。ぼくたちが恋愛関係にならないかって心配なんですよ。あの人には関係ないでしょ。だいいち、ぼくはそんな素振りすら見せちゃいない。ぼくはそういう低俗なこととは、まったく無縁です。ぼくたちは恋愛なんか超越してるんです！

ラネーフスカヤ　それじゃ、わたしは恋愛以下ってことね。（ひどく動揺して）どうして、兄さんは帰ってこないの？　領地が売れたかどうか、ただそれが知りたいの。そんな不幸はとても信じられないから、どう考えたらいいかもわからない。ただうろたえてるの……わたし、いまにも叫び出しそう……馬鹿なまねをしてしまいそう……わたしを助けて、ペーチャ。何とか言って、ねえ……

トロフィーモフ　きょう領地が売れたかどうかなんて、どうでもいいじゃないですか。領地のことは、もうずっと前にけりがついていて、あと戻りはできませんよ。にっちもさっちもいかないんです。でも落ち着いてください、奥さん。自分を偽ってはいけません。せめて一生に一度ぐらい、真実と向き合うべきです。

ラネーフスカヤ　どんな真実に向き合えっていうの？　何が真実で、何が真実でないか、あなたには見えているっていうのね。でもわたしは、まるで視力を失なったみたいに、なにも見えない。あなたはどんな重大な問題も勇敢に解決してしまうわ。でもいいこと、それはあなたが若いから、自分の問題をなにひとつ、真剣に悩み抜いたことがないからじゃないの？　あなたが大胆に前だけを見ていられるのは、怖いものがなにも見えていないからじゃないの？　あなたの若い眼から人生の本当の姿が隠されているから、怖いものを知らないだけよ。あなたはわたしたちより勇敢で、誠実で、思慮深いわ。だけど、よく考えてみて、ほんの少しでも広い心をもって、わたしを赦して。だって、わたしここで生まれたのよ、わたしのおとうさまやおかあさまも、おじいさまもここで暮らしていたのよ。わたしはこの家が大好きなの。桜の園のない人生なんて想像もつかない。もし、どうしても桜の園を売らなきゃいけないなら、わたしも桜の園と一緒に売り飛ばして……。（トロフィーモフにすがりついて、その額に接吻する）だって、わたしの息子もここで溺れ死んだのよ……。（泣く）わたしを可哀想だと思ってちょうだい。あなたは優しい、親切な人でしょ。

トロフィーモフ　そりゃ、ぼくだって心の底から同情していますよ。
ラネーフスカヤ　そんな言い方しないで。もっと別の言い方があるでしょ……。（ハンカチを取り出すと、床に電報が落ちる）きょうはほんとに胸が苦しい、あなたには想像もつかないでしょうけど。ここは騒がしくって、なにか物音がするたびに胸が震えるの、体じゅうが震える。でも自分の部屋にこもるのもいやなの、静かなところに独りでいるのは怖い。わたしを責めないで、ペーチャ……あなたのこと、家族みたいに思ってるわ。あなたになら、喜んでアーニャをあげてもいい、ほんとうよ。ただね、あなた、ちゃんと勉強して大学を卒業しなきゃ。あなた、なんにもしないで、ただあっちこっち運命に振り回されてるだけじゃない。そんなの変でしょ……そうじゃない？　そうでしょ？　それに、そのお髭、なんとかならないの、伸ばすなら伸ばすで……。（笑う）おっかしな人ね！
トロフィーモフ　（電報を拾う）ぼく、美男子になりたいとは思ってません。
ラネーフスカヤ　これ、パリからの電報。毎日、来るの。きのうも、きょうも。あのひどい男、また病気になって、具合が悪いの……あの人、謝ってきたわ、お願いだから帰ってきてくれって。ほんとはわたし、パリに行って、あの人のそばにいてあげなきゃいけないのよね。ペーチャ、そんな怖い顔をして。でも、いったいどうしたらいいの、ねえ、わたしはどうすればいいの。あの人は病気で、ひとりぼっちで、可哀想なの。誰があの人の面倒をみてあげるの？　誰があの人の過ちを正してあげるの？　誰が必要な時間に薬を飲ませてあげるの？　もう隠したりしないで、はっきり言うわ。わたし、あの人が好き、ほんとに。大好き、愛してる……これはわたしの首にぶらさがった重石《おもし》。わたし、この重石を抱えて、どん底まで落ちていくの。だけど、わたしはこの石を愛しているし、それなしには生きられない。（トロフィーモフの手を握る）悪く思わないで、ペーチャ、なにも言わないで、お願い……。
トロフィーモフ　（涙ぐんで）失礼ですけど、はっきり言いますよ。あなた、あの男に身ぐるみ剝がれたじゃないですか！
ラネーフスカヤ　いいえ、違う、違うわ、そんなふうに言わないで……。（耳を塞ぐ）
トロフィーモフ　あれは悪い男だ。それを知らないのはあなただけです！　取るに足りないろくでなし、くだらない男だ……。
ラネーフスカヤ　（腹を立てるが、ぐっと抑えて）あなた、二十六か二十七にもなって、中学二年生の子供みたいよ！
トロフィーモフ　それで結構です！
ラネーフスカヤ　一人前の男にならなきゃ。あなたの年ごろなら、人を愛する気持ちがわからなきゃ。自分でも愛することを知らなきゃ……恋をしなきゃ！（腹立たしげに）そうよ、そうよ！　あなたは純粋なんじゃなくて、度外れの潔癖症よ、へんちくりんな変わり者、出来損ないよ……。
トロフィーモフ　この人、なんてこと言うんだ！

ラネーフスカヤ　なにが「ぼくは恋愛を超越してます！」よ！　あなたは恋愛を超越してるんじゃなくて、うちのフィルスが言う、ただの「うつけ者」よ。あなたの年ごろで恋人のひとりもいないなんて！

トロフィーモフ　（ぎょっとして）こりゃひどい！　この人はなんてことを言い出すんだ？（頭を抱えて、すばやく広間へ行く）あんまりだ……もう我慢できない、ぼく出て行きます……。（出て行くが、すぐに戻ってきて）あなたとはもう絶交だ！（玄関へ立ち去る）

ラネーフスカヤ　（あとを追うように叫ぶ）ペーチャ、待ってよ！　おかしな人ねえ、冗談言っただけよ！　ペーチャ！

玄関で誰かが足早に階段を昇っていくが、急に大きな物音を立てて下に落ちていくのが聞こえる。アーニャとワーリャは叫び声をあげるが、すぐに笑い声が聞こえる。

ラネーフスカヤ　いまのは何？

アーニャが駆けこんでくる。

アーニャ　（笑いながら）ペーチャ・トロフィーモフが階段から落ちました！（走り去る）

ラネーフスカヤ　ほんと笑わすわねえ、ペーチャったら……。

駅長が広間の中央に立って、アレクセイ・トルストイ〔一八一七～七五〕の『罪深き女』〔一八五八年作。叙事詩。紀元二〇年末から三〇年初のユダヤの地、道を踏み外した女が自らの美しさと魅力を自慢するが、そこに出現したキリストの神々しさの前に跪く、という内容〕を朗読している。人々は駅長の朗読を聞いているが、彼が数行読むや、玄関からワルツの調べが聞こえてきて、朗読は中断される。トロフィーモフ、アーニャ、ワーリャ、ラネーフスカヤが玄関から現われる。

ラネーフスカヤ　ねえ、ペーチャ……ほんと、あなたって純情ね……わたしをゆるして……さあ、踊りましょう……。（トロフィーモフと踊る）

アーニャとワーリャ踊る。
フィルス登場。脇のドアのそばに自分の杖を置く。
ヤーシャも客間から登場し、踊りを見ている。

ヤーシャ　どうした、じいさん？
フィルス　どうも気分がすぐれん。昔はうちの舞踏会といやあ、将軍さまやら、男爵さまやら、提督どのやらが踊っておられたもんじゃ。ところがいまじゃ、郵便局長やら駅長風情に遣いをやる始末。しかも、そんな連中ですら、あんまり来たがりはせん。わしもなんだか弱くなったなあ。お亡くなりになった大旦那さま、つまりおじいさまは、誰がどんな病気になっても封蠟《ふうろう》をお使いなすった。わしもかれこれ二十年ぐらい、いやもっと永いあいだ封蠟を飲んでおる。そのおかげで生きて来られたのかのう。

ヤーシャ　おまえにはうんざりだ、じじい。（あくびをする）とっとと、くたばっちまえ。

フィルス　なんだと……このうつけ者が！（なにやらぶつぶつ呟く）

トロフィーモフとラネーフスカヤは広間で踊り、その後、客間で踊る。

ラネーフスカヤ　メルシィ！　ちょっとすわるわね……。（すわる）疲れた。

アーニャ、登場。

アーニャ　（興奮して）いまね、台所で誰かが言ってたわ、桜の園はもう売れてしまったって。

ラネーフスカヤ　誰が買ったの？

アーニャ　誰かは言ってない。もう帰っちゃったわ。（トロフィーモフと踊りながら、広間の方に移動して

いく）
ヤーシャ　どっかのじいさんが言ってたんですよ。見たことない人ですね。
フィルス　ああ、旦那さまはまだか、まだお帰りじゃない。あの薄い、合いのコートをおめしじゃったから、ひょっとして風邪でも召されるかもしれんなあ。あーあ、まだまだぼんぼんじゃからのう。
ラネーフスカヤ　わたし、もう死んでしまいそう。ヤーシャ、誰が買ったのか聞いてきてくれない。
ヤーシャ　もうとっくに帰っちゃいましたよ、そのじいさんなら。（笑う）
ラネーフスカヤ　（少々気を悪くして）ねえ、何を笑ってるの？　何が嬉しいの？
ヤーシャ　エピホードフのやつが、めっちゃくちゃ可笑しいんですよ。バカなやつ。二十二の不幸せ。
ラネーフスカヤ　フィルス、領地が売れてしまったら、おまえはどこへ行くの？
フィルス　仰せのままに、どこへなりと。
ラネーフスカヤ　なんでそんな蒼い顔をしてるの？　具合が悪いの？　ちょっと横になったら……。
フィルス　はあ……。（薄笑いを浮かべて）ですが、あっしが寝にいきましたら、誰が給仕をしますんです？　誰がここを仕切るのでございます？　この屋敷ぜーんぶ、あっしひとりでお世話しとりますが。
ヤーシャ　（ラネーフスカヤに）奥さま！　僭越ながら、お願いしたき儀がございます、どうぞよしなにお願いいたします！　またパリに行かれる暁には、ぜひわたくしもお供させてくださいませ。どうかお願いいいたします。ここにこのまま残るのは、まったくもって不可能でございます。（周りを見回しながら小声で）言うまでもありませんが、ご承知のように、この国は無教養で、国民は不道徳、そのうえ退屈ときております。台所の賄いはひどいものばかり。おまけに、このフィルスがうろうろしては、場違いな呟きばかり……わたくしもパリに連れていってください。どうかお願いいいたします！

ピーシク、登場。

ピーシク　お願いできますか……ワルツのお相手を、おうつくしい奥さま……。（ラネーフスカヤ、ピーシクと共に行く）チャーミングな奥さま、やっぱり百八十ルーブルはお借りしますからね……なんとしても……。（踊る）百八十ルーブルは……。

広間に移動する。

ヤーシャ　（小さな声で口ずさむ）「君知るや、わが心のざわめき……」
　広間では、グレーのシルクハットを被り、格子縞のズボンを身につけた人物が手を振り、跳びはねている。叫び声「ブラーヴォ、シャルロッタ！」

ドゥニャーシャ　（おしろいをはたくために、立ち止まる）お嬢さまが、あたしも踊るようにっておっしゃったの。殿方はたくさんいらっしゃるけど、ご婦人がたは少ないからって。でも、あたし踊っていると眩暈《めまい》がするし、心臓はドキドキよ。フィルスさん、いまね、郵便局長さんがすっごいことをおっしゃったの、あたし、息が止まりそう。

　音楽が静まる。

フィルス　郵便局長どのは、何とおっしゃったんだ？
ドゥニャーシャ　あなたは花のようだ、ですって。
ヤーシャ　（あくびをする）教養ねえなあ……。（退場）
ドゥニャーシャ　花のようですって……あたしって、すっごく繊細な乙女だから、優しい言葉がすっごく好き。

フィルス　いまに身を持ち崩すぞ、おまえさん。

　エピホードフ、登場。

エピホードフ　ドゥニャーシャさん、あなたはぼくを見るのも、いやなんですね……まるで、ぼくが虫けらか何かみたいに。（ため息をつく）ああ、人生は辛いなあ！
ドゥニャーシャ　何のご用？
エピホードフ　たしかに、あなたが正しいのかもしれません。（ため息をつく）とはいえ、もちろんある観点からすれば、こう言ってはなんですが、ずばり、あなたはぼくを完全にある種の精神状態に追い込んだのです。ぼくはわが運命の女神を存じております。ぼくの身に毎日、なにかしら不幸が起こっても、ずっと前からそんなことには慣れっこになっていますから、微笑みを浮かべつつ、己の運命を見つめておりますよ。あなたはぼくに約束してくれました。たとえ、ぼくが……。
ドゥニャーシャ　お願い、その話はあとにして。いまはあたしに構わないで。あたしいま、夢見心地なの。（扇子で遊ぶ）
エピホードフ　毎日ぼくの身に不幸が起きるんです。それでも、あえて言わせていただきますと、ぼくはただほほえむだけです。それどころか、大声で笑い飛ばしてさえいますよ。

広間からワーリャが入ってくる。

ワーリャ　エピホードフ、あんた、まだここにいたの？　まったく礼儀知らずなんだから。（ドゥニャーシャに）あっちへ行ってなさい、ドゥニャーシャ。（エピホードフに）まったく、ビリヤードでキーは折るわ、お客さん面《づら》して客間をうろうろするわ。

エピホードフ　言っておきますが、あなたに責められる筋合いなんか、ありませんからね。

ワーリャ　わたし、責めてなんかいないわ、ただ話してるだけよ。あんたのすることといったら、あちこちうろつくだけで、仕事してないじゃない。何のために執事を雇ってんのか、わかりゃしない。

エピホードフ　（気を悪くして）ぼくが仕事しようが、うろうろしようが、食事をしようが、ビリヤードをしようが——それについて、とやかく言えるのは、物のわかった、目上の方々だけです。

ワーリャ　よくもわたしにそんな口がきけるわね！（かっとなって）よくもまあ！　わたしがなにもわかってないとでもいうの？　ここから出てって！　いますぐ！

エピホードフ　（おじけづいて）どうか、お手柔らかに願います。

ワーリャ　（かっとして）いますぐ出てけ！　さあ、早く！

エピホードフはドアのほうへ歩いていき、ワーリャがそのあとに続く。

ワーリャ　二十二の不幸せ！　さっさと出ていけ！　あんたの顔なんか見たくもない！

エピホードフ、出て行く。ドアの向こうで、エピホードフの声がする。「あなたのこと、言いつけますからね」。

ワーリャ　あ、戻って来る気ね？（フィルスがドアのそばに立てかけておいたステッキを手に取る）さあ来い……さあ……来るがいいわ、目にもの見せてやる……そう、来る気ね？　来るんだね？　さあ、こうしてやるわ（ステッキを振り上げる）

ちょうどこのとき、ロパーヒンが入ってくる。

ロパーヒン　これはどうも、かたじけない。

ワーリャ（腹立たしげに、自嘲ぎみに）ごめんあそばせ！

ロパーヒン　大丈夫でございます。結構なご歓待、痛み入ります。

ワーリャ　どういたしまして。（向こうへ行くが、そのあと振り向いて、やわらかい口調で尋ねる）お怪我はなかった？
ロパーヒン　いやあ、大丈夫です。もっとも、でっかいタンコブができましたが。

広間で「ロパーヒンが戻ってきた！　ロパーヒンさん！」という声がする。

ピーシク　待ちに待ったお方がやっとお出ましだ。……。（ロパーヒンとキスし合う）おやおや、コニャックの匂いがするね、きみ。わしらもここで楽しくやっとるよ。

ラネーフスカヤ、登場。

ラネーフスカヤ　ロパーヒンさん。あなたでしたの、ロパーヒンさん。どうして、こんなに長くかかったの？　兄はどこ？
ロパーヒン　ガーエフさんもわたしと一緒に帰ってきましたよ。いまこっちに向かってます……。
ラネーフスカヤ（動揺して）それで、どうだったの？　競売はあったの？　話してちょうだい！

ロパーヒン　（困惑して、自分の欠伸を悟られまいとしている）四時前に競売は終わりました……私たちは汽車に乗り遅れて、九時半まで待ってないといけなかったんです。（重くため息をついて）ああ！ちょっと眩暈がします……。

ガーエフが入ってくる。右手に買い物の包みを持ち、左手で涙を拭っている。

ラネーフスカヤ　兄さん、どうしたの？　ねえ、どうだったの？（もどかしげに、目に涙を浮かべて）早く教えて、お願い……。
ガーエフ　（ラネーフスカヤに対して、なにも答えないで、ただ手を振る。フィルスに泣きながら）さあ、とっといてくれ……アンチョビとケルチ〔アゾフ海と黒海を結ぶ海峡に面した港町〕産のニシンだよ……私は今日、なんにも食べてない……ほんと、辛い一日だったよ！

ビリヤード室のドアが開いている。球を突く音とヤーシャの声が聞こえる。「七と十八！」ガーエフの表情が変わる。もう泣いていない。

ガーエフ　えらく疲れた。フィルス、着替えさせてくれ。（広間を通って自分の部屋に向かう。そのあとからフィルスがついていく）

ピーシク　競売はどうだったんだ？　話してくれよ！
ラネーフスカヤ　桜の園は売られたの？
ロパーヒン　売れました。
ラネーフスカヤ　誰が買ったの？
ロパーヒン　私が買いました。

間。

ラネーフスカヤは愕然とする。もし、そばにソファやテーブルがなかったら、ラネーフスカヤは倒れてしまっていただろう。ワーリャはベルトから鍵の束をはずし、客間の真ん中の床に投げつけて、出て行く。

ロパーヒン　私が買ったんだ！　みなさん、ちょっと待ってください、お願いします、頭がぼおっとして、話せないんです……。（笑う）私たちが競売の会場に着いたとき、デリガノフはもう来ていました。ガーエフさんは一万五千しか持っていなかったのに、デリガノフはいきなり抵当額に三万も上乗せしてきた。「それなら」とおれは奴と張り合って、四万入札した。奴は四万五千、おれは五万五千。つまり、奴は五千ずつ、おれは一万ずつ上乗せした……そして、終わった。抵当額に九万上乗せして、おれが落札した。これで桜の園はおれのものだ！　おれさまのものなんだ！（大声で笑う）ああ、なんてことだ、神さま、桜の園はおれのものだ！　おまえは酔っ払ってる、気が狂ってる、なにもかも妄想だ、なんとでも言えばいい……。（足を踏み鳴らす）おれのことを笑わないでくれ！　親父やじいさんが墓場から甦って、このありさまを見たらなんて言うだろう。あの殴られてばかりいた、このエルモライが、冬も裸足で駆けずりまわっていた学のないエルモライが、ほかでもない、そのエルモライが、この世のなによりも美しい桜の園を買い取ったんだ……じいさんや親父が農奴だったせいで台所にさえ入れてもらえなかったこの屋敷を、おれが買い取ったんだ。おれはいま眠っているのか？　これは妄想にすぎず、そんな気がするだけなのか？……これは、不可解な闇の中に、きみたちが想い描いた幻想にすぎないのか？……。（優しく微笑みながら鍵束を拾い上げる）鍵を棄てちまったってことは、もうここの主婦じゃないって言いたいのか……。（鍵束をかちゃかちゃ鳴らす）まあ、どうだっていいや。

楽団が音合わせをしているのが聞こえる。

ロパーヒン　楽団の諸君、何かやってくれ、おれはきみたちの音楽が聞きたい！　みんな見に来てくれ、エルモライ・ロパーヒンが桜の園に斧を振り上げるのを、桜並木が地面になぎ倒されるのを！　おれたちは別荘地をつくるんだ、おれたちの孫やひ孫は新しい生活を目にするんだ……音楽、やってくれ！

音楽が始まる。ラネーフスカヤは椅子に倒れ込んで、苦しげに泣き崩れる。

ロパーヒン　（咎めるように）どうして、どうして私の言うことを聞いてくれなかったんです？　お優しい奥さん、お気の毒ですが、いまとなってはもう取返しがつきません。（涙ながらに）ああ、さっさとなにもかも終わってしまえばいい。こんなわけのわからない、不幸な生活、さっさと変わってしまえばいい。

ピーシク　（ロパーヒンの腕をとって、小さな声で）この人は泣いているよ。広間へ行こう。ひとりにしてあげようよ……さ、行こう……。（ロパーヒンの手をとって、広間に連れて行く）

ロパーヒン　いったい、どうしたんだ？　音楽だ、もっとパーッとやれ！　なんだってやれ、おれの望みどおりに！（皮肉をこめて）新しい地主さまのお通りだ！　桜の園のご主人さまだぞ！（うっかりテーブルにぶつかって、燭台をひっくり返しそうになる）これぐらい弁償してやるさ！（ピーシクと共に退場）

広間にも、客間にも、ラネーフスカヤ以外、誰もいない。彼女は身を縮こめてすわり、苦しげに泣いている。音楽が静かに演奏されている。アーニャとトロフィーモフ、足早に登場。アーニャは母親のほうへ歩み寄ると、母親の前に跪く。トロフィーモフは広間の入口に立っている。

アーニャ　ママ！……ママ、泣いているのね？　優しい、素敵な、大好きなママ、あたしの素晴らしいママ、愛してる……ママを祝福するわ。桜の園は売られてしまった、桜の園はもうないの。本当にそうなってしまった、それが現実よ。でも、泣かないで、ママ。ママの人生はこれからだし、ママには美しい清らかな心が残ってるでしょ……あたしと一緒に行きましょう、行きましょうよ、ママ、ここを出ましょう！……あたしたち新しい庭を造るの、桜の園よりもすてきな庭を造るの。その庭を見たら、ママもきっと気づくわ。歓びが、静かな深い歓びが、ママの心に光を灯してくれるの、夕暮れどきの太陽みたいに。そしたらママは微笑むの！　行きましょう、大好きなママ！　行きましょう！

――幕――

第四幕

第一幕の舞台装置。ただ窓のカーテンも、壁にあった絵画も取り外されている。わずかに残された家具が、まるで売り物のように、舞台の片隅に積み上げられている。空虚さが感じられる。出口の近くと舞台の奥に、トランクや旅行用の包みなどが置かれている。左側のドアは開いており、そこからワーリャとアーニャの声がする。ロパーヒンは立ったまま、みんなを待っている。ヤーシャはシャンパンの入ったコップがのっているお盆を手にしている。玄関では、エピホードフが箱を梱包している。舞台裏の奥で人びとの騒ぐ声が聞こえる。これは百姓たちが別れを言いに来たのである。「ありがとう、みんな、ありがとう」と言うガーエフの声。

ヤーシャ　百姓たちが別れを言いに来てますね。ロパーヒンさん、私の考えじゃ、民衆ってのは人はいいんだけど、物分かりの方はどうもよくないですよね。

騒ぎ声が静まる。玄関を通ってラネーフスカヤとガーエフが登場。ラネーフスカヤはもう泣いていないが、彼女の蒼ざめた顔は震えており、話すことができない。

ガーエフ　リューバ、あの連中に財布ごとやってしまったね。そりゃいかん！　そりゃいかんよ！

ラネーフスカヤ　わたし駄目なの！　駄目なのよ！

ラネーフスカヤとガーエフ、退場。

間。

ロパーヒン　（ドア越しに、去っていく二人に呼びかける）どうぞ、どうぞ、お別れに一杯飲んでください！　街で買ってくるのを忘れて、やっと駅でこの一本を見つけたんですよ。さあ、どうぞ！

ロパーヒン　どうですか、みなさん！　いらないですか？　（ドアから離れる）そうとわかってたら、買うんじゃなかったなあ。それじゃ、おれも飲むのはよそう。

ヤーシャ、慎重にお盆を椅子の上に置く。
ロパーヒン　ヤーシャ、飲めよ、せめておまえだけでも。
ヤーシャ　皆さんの門出を祝して！　残られる皆さんもお幸せに！（飲む）このシャンパン、にせものですよ、ぜったい。
ロパーヒン　一本、八ルーブルもしたんだぞ。

間。

ロパーヒン　ここは、やけに寒いね。
ヤーシャ　きょうは暖炉を炊かなかったんです、どうせ発つんですから。（笑う）
ロパーヒン　なに笑ってるんだ？
ヤーシャ　嬉しいもんでね。
ロパーヒン　もう十月なのに、陽差しが穏やかで、夏みたいだ。新しく事を始めるには、絶好の日和《ひより》だ。（時計を見て、ドアに向かって）皆さん、いいですか、汽車が出発するまで、あと四十六分しかありません！　つまり、二十分後には駅に向かわないといけませんよ。ちょっと急いでください。

コートを着たトロフィーモフ、中庭から登場。

トロフィーモフ　そろそろ出発の時間だな。馬の用意もできている。ぼくのオーバーシューズ、いったいどこ行っちゃったのかな。どこにもない。(ドアに向かって) アーニャ、ぼくのオーバーシューズがないよ！　見つからないんだ！

ロパーヒン　おれはハリコフに行かないと。きみたちと同じ汽車で行って、ひと冬ハリコフで過ごす。このところずっと、きみたちとおしゃべりばかりして、なんにもしてなかったから、辛かったなあ。仕事をしてないと駄目なんだ。手持ち無沙汰でね。この両手がまるで他人の手みたいに、妙な具合にブラブラしてるんだ。

トロフィーモフ　きょう出発したら、またあなたの言う有益な仕事ができるじゃないですか。

ロパーヒン　一杯、飲んでくれよ。

トロフィーモフ　結構です。

ロパーヒン　じゃあ、これからモスクワに行くのか？

トロフィーモフ　そうです。みんなを街まで見送って、明日はモスクワです。

ロパーヒン　そうか……それじゃ、教授先生たちは講義もしないで、きっと、きみが来るのをお待ちかねだ！

トロフィーモフ　あなたには関係ないでしょ。
ロパーヒン　いったい何年、大学で勉強してるんだ？
トロフィーモフ　もうちょっと目新しいこと、思いつかないんですか？　いつもおんなじ話ばっかりで飽き飽きだ。（オーバーシューズを探す）いいですか、ぼくたち、もう会うこともないでしょうから、お別れにひとこと言わせてもらいますよ。やたらと手を広げるのはやめたほうがいいですよ！　手を広げる癖は直さないと。つまり、別荘を建てて、ゆくゆく別荘族のなかから地主が現われるのを期待して——なんていうのも、手を広げるってことですからね……とはいっても、やっぱり、ぼくはあなたが好きだ。あなたは繊細な優しい指をしている、芸術家みたいに、繊細な優しい心をもっている……。
ロパーヒン（トロフィーモフを抱き締める）さらばだ、大学生君。いろいろありがとう。もし必要なら、旅費を渡すよ。
トロフィーモフ　どうして、ぼくに？　そんなのいりませんよ。
ロパーヒン　だって、ないんだろ！
トロフィーモフ　ありますって。ありがとう。翻訳料が入ったんです。ほら、ポケットの中に入ってますよ。（不安げに）だけど、ぼくのオーバーシューズがないんだ！
ワーリャ（別の部屋から）あなたのこの汚いの、さっさと持ってってって！（舞台にゴム製のオーバーシューズ一組を投げつける）

トロフィーモフ　なに怒ってるの、ワーリャ？　うん？……だけど、これぼくのじゃないよ！

ロパーヒン　おれはこの春、千ヘクタールの土地にケシの種を撒いて、四万の純益を得た。ケシの花が一斉に咲いたときは、そりゃあ壮観だった！　そんなわけで、おれは四万も稼いだんだ。だからきみに貸そうって言ってるんだ。だってあるんだから。なんで、そうかっこつけるんだ？　おれは百姓の倅だ……気楽にいこうよ。

トロフィーモフ　あなたのおとうさんが百姓で、ぼくの父親が薬剤師だからって、そんなのまったくどうだっていいでしょ。

ロパーヒン、紙幣を取り出す。

トロフィーモフ　いらないです、いらないってば……二千ルーブルくれたって、受け取りませんよ。ぼくは自由な人間だ。それに、お金持ちも、乞食も、みんなが価値があるってありがたがっているものなんて、ぜーんぶ、ぼくにはなんの値打ちもありませんよ。空中に漂っている、このほこりみたいにね。ぼくはあなたがいなくてもやっていけます、あなたの助けを借りなくても大丈夫なんです。ぼくには力も、誇りもある。人類は崇高な真実に向かって、この地上で望みうる最高の幸せに向かって前進しています、そして、ぼくはその最前線にいるんだ！

ロパーヒン　たどり着けるかな？

トロフィーモフ　たどり着けますとも。

間。

トロフィーモフ　たどり着けますよ。あるいは他の人たちにその道を示します。

遠くの方から、斧で木を切る音が聞こえてくる。

ロパーヒン　じゃ、さよなら、トロフィーモフ君。もう行かなきゃ。おれたちが偉そうにやり合っている間にも、人生はおかまいなしに過ぎていく。おれは何時間も一生懸命働いていると、気持ちが楽になって、自分が何のために存在しているのか、わかるような気がしてくる。だけど、ロシアには、自分が何のために存在しているのか、わかっていない人間がなんて多いんだろう。ま、いずれにしろ、それでも万物は流転する。ガーエフさんが銀行の働き口を見つけたそうだ。年収が六千だって……ただ、長続きはしないね、ひどい怠け者だから……。

アーニャ　（戸口で）ママからのお願いです。ママが出発するまで、庭の木を切らないでくださいって。

トロフィーモフ　ほんとだよ、まったく気がきかないんだから……。（玄関から退場）

ロパーヒン　わかった、すぐやめさせる……ほんと、なんてやつらだ。（トロフィーモフに続いて退場）

アーニャ　フィルスを病院に行かせた？

ヤーシャ　けさ言っておきましたから、連れて行ってるでしょう。

アーニャ　（広間を通っていくエピホードフに）エピホードフさん、フィルスを病院に連れて行ったかどうか確かめてちょうだい。

ヤーシャ　（気を悪くして）けさ私がエゴールに言っておきましたから。そう何度もおんなじことを聞かなくてもいいでしょう！

エピホードフ　私の最終結論を申し上げますと、長寿を誇るフィルス殿も、もはや修繕不可能です。ご先祖さまのもとに行かせるべきでしょう。私はフィルス殿がただただ羨ましいです。（帽子の入ったボール箱の上にトランクを置くと、箱がひしゃげる）ほーら、やっぱりね。こんなことだろうと思った。（退場）

ヤーシャ　（馬鹿にして笑う）二十二の不幸せ……。

ワーリャ　フィルスを病院に連れて行った？

アーニャ　連れて行ったって、言ってるわ。

ワーリャ　じゃ、なんで先生宛の紹介状を持っていかなかったのかしら？

アーニャ　それじゃ、すぐに届けさせないと……。（退場）

ワーリャ　（隣の部屋から）ヤーシャはどこ？　ヤーシャのおかあさんがお別れに来てるって言っといてちょうだい。

ヤーシャ　（手を振って）まったく、うるせえなあ。

　ドゥニャーシャはずっと荷物の整理をしているが、ヤーシャがひとりになるや、彼のほうに近づく。

ドゥニャーシャ　せめてもう一度、あたしを見て、ヤーシャ。あなた、行ってしまうのね……あたしを棄てて……。（わっと泣いて、ヤーシャの首にしがみつく）

ヤーシャ　なに泣いてんだよ？（シャンパンを飲む）六日後には、おれは再びパリだ。明日、特急列車に乗って出発したら、おれたちはあっという間にここから消える。なんだか信じられないなあ。フランス、万歳《ヴィヴ・ラ・フランス》！……ここはおれの性に合わない、住んでられないよ……仕方ないだろ。教養のないやつらをいやというほど見てきた。もううんざりだ。（シャンパンを飲む）なに泣いてんだ。お行儀よくしてりゃ、泣くことなんてないさ。

ドゥニャーシャ　（鏡を見ながら、おしろいをはたく）パリから手紙ちょうだいね。だってあたし、あんたを愛してたんだもん、ヤーシャ、すっごく愛してたんだもん！　あたしって繊細だから、ヤーシャ！

ヤーシャ　人が来る。（トランクのそばで忙しそうにし、小さな声で口ずさむ）

　ラネーフスカヤ、ガーエフ、アーニャ、シャルロッタ、登場。

ガーエフ　そろそろ行かないと。もう時間がない。（ヤーシャを見て）誰だ、ニシンの匂いをさせているのは！

ラネーフスカヤ　あと十分もしたら、馬車に乗るのね……。（部屋に目をやる）さようなら、わたしの大切なおうち、年老いたわたしのお屋敷。冬が過ぎて、春が来るころには、もうおまえはいないのね、壊されてしまうのね。この壁を何度見たことでしょう！（娘のアーニャに熱く接吻する）わたしの大事な大事なアーニャ、あなた耀いてるわ、あなたの瞳、ダイヤモンドみたいにきらきらしてる。嬉しいの？　とっても？

アーニャ　ええ、とっても。新しい生活が始まるのよ、ママ！

ガーエフ　（明るく）ほんとに、いまとなっては、これでよかったんだ。桜の園が売れるまで、みんな心配して、苦しんでいたけど、すっかり決着がついたら、みんな落ち着いて、気も晴れた……私は銀行員だ、いまや金融を扱う身だ……黄玉をセンターへっと。リューバ、おまえも、なんだか顔色がよくなったよ、ほんとに。

ラネーフスカヤ　そうね。神経は落ち着いたわ、たしかにね。

ラネーフスカヤに帽子とコートが渡される。

ラネーフスカヤ　よく眠れるし。ヤーシャ、わたしの荷物を運んで。もう時間ね。（アーニャに）可愛いアーニャ、またすぐに会えるわね……わたしはこれからパリに行って、ヤロスラヴリのおばあさまが領地を買い戻すのに送ってくださったお金で生活するわ。おばあさま、さまね！ま、そのお金も長くはもたないけど。

アーニャ　ママ、すぐ帰ってきてね、すぐに……いい？　わたし、準備しておくから。学校の試験に合格して、それから働くの、ママを助けるの。ねえママ、わたしたち、一緒にいろんな本を読みましょうね……いい？（母親の両手にキスをする）わたしたち、秋の夜長に本を読むの、たくさん、たくさん本を読むの、そうすれば、わたしたちの目の前に新しい、素晴らしい世界が開けるの……。（夢見るように）ママ、帰ってきてね……。

ラネーフスカヤ　帰ってくるわ、わたしの大事なアーニャ。（娘を抱き締める）

ロパーヒンが入ってくる。シャルロッタ、小声で歌を口ずさむ。

ガーエフ　幸せだなあ、シャルロッタは。唄なんか歌って！

シャルロッタ　（赤ん坊をくるんでいるように見える包みを手に取り）あたしの赤ちゃん、ねんねーんー、ころーりよー……。

「おぎゃあ、おぎゃあ！」という赤ん坊の泣き声。

シャルロッタ　静かにして、いい子だから、可愛いあたしの坊や。

「おぎゃあ！　おぎゃあ！」

シャルロッタ　坊や、ほんとに可哀想な子！（包みをその場にほうり投げる）みなさん、お願いです、あたしの働き口、さがしてください。このままじゃ、やっていけないのよ。
ロパーヒン　さがしてあげますよ、シャルロッタさん、ご心配なく。
ガーエフ　私たちは、みんなに見捨てられちゃうんだなあ……ワーリャも行ってしまうし……私たちはとたんに用なしだ。
シャルロッタ　街には住むところもないし、出て行くしかないんだ……。（口ずさむ）どうだっていい……。

ピーシク、登場。

ロパーヒン　天然記念物どののお出ましだ！……

ピーシク　(息を切らして) はあ、ひと息つかせてください……ああ、しんどかった……敬愛するみなさま方……お水をください……。

ガーエフ　またお金を借りに来たんでしょう？　あいにくですが、小生は退散します……。

(立ち去る)

ピーシク　ずいぶんご無沙汰してましたなあ、おうつくしい奥さま……。(ロパーヒンに) 君もいてくれて……ちょうどよかった……世にも利口なロパーヒンどの……お返しいたす……お納めください……。(ロパーヒンにお金を渡す) 四百ルーブルだ……あと八百四十残ってるけど……。

ロパーヒン　(戸惑いながら肩をすくめる) 夢みたいだな……どこで手に入れたんです？

ピーシク　ちょっと待った……ああ暑い……じつにおったまげた事件が起きましてな。イギリス人たちがうちにやってきて、土の中に何か白い粘土みたいなものを見つけたんですな……。(ラネーフスカヤに) 奥さまにも四百ルーブル……おうつくしい……驚くべきお方だ……。(お金を渡す) 残りはまた後日。(水を飲む) さっき汽車の中で若い人が話しておりましたが、どこぞの……偉い哲学者が、屋根から跳び下りろって勧めているらしい……「跳び下りろ！」って。それだけのことだってさ。(驚いて) こりゃ、おったまげたね！　お水をもう一杯！

ロパーヒン　そのイギリス人ってのは、何者なんです？
ピーシク　粘土のある土地を連中に二十四年の契約で貸したわけで……じゃこれで、失礼するよ、時間がないもんで……次の家に行かないと……ズポイコフのとこへ行って……カルダモノフのとこへ行って……みんなに借金があるんでね……。（飲む）ごきげんよう……木曜日にまた来ます……。
ラネーフスカヤ　わたしたち、これから街に行って、明日は外国に発つのよ。
ピーシク　なんですって？（不安げに）どうしてまた街に？　ああ、それで家具や……トランクが……いやあ、大丈夫ですよ……。（涙ぐんで）大丈夫……世にも利口な連中だなあ……あのイギリス人たちは……大丈夫……お幸せに……神さまのご加護がありますよ……大丈夫……この世のことにはすべて終わりがあるんですな。（ラネーフスカヤの手に接吻する）……わしの人生にも終わりが来たっていう噂が耳に入ったら、この馬面を思い出して、こう言ってください。「この世にシメオーノフ＝ピーシク……とかいう人がいたなあ……天国で安らかに」ってね……まったく素晴らしい天気だなあ……そう……。（ひどく困惑して立ち去るが、すぐに戻ってきて戸口で）うちのダーシェンカがよろしくと言っとりました！（退場）
ラネーフスカヤ　これで出発できるわ。でも出発にあたって、二つ気がかりなことがあるの。ひとつは病気のフィルス。（時計を見る）あと五分は大丈夫ね……。
アーニャ　ママ、フィルスはもう病院に行ってるわ。けさヤーシャが手配してくれたから……。

ラネーフスカヤ　二つ目の心配はワーリャよ。あの子は朝早く起きて働くことに慣れてしまっているから、いまは仕事がなくて、水から放り出された魚みたい。痩せて、蒼ざめて、泣いてばかり、可哀想に……。

間。

ラネーフスカヤ　あなたもよくご存知ね、ロパーヒンさん……わたしの気持ち……あの子は、あなたにもらってほしいと思ってました。どう見ても、あなたたちは結婚するとしか思えなかったから。（アーニャに囁く。アーニャはシャルロッタに頷いてみせ、二人は退場する）あの子はあなたのことが好きだし、あなただってあの子のこと、気に入っているでしょう。だから、わからないの、理解できない、どうしてお互いに避け合っているの？　ほんとに、わからない！

ロパーヒン　正直、ぼくにもわからない。なんだか、変なんです……もしまだ時間があるなら、いますぐにだって……一気に片をつけますよ——ひと思いに。だけど奥さんがいないと、もうプロポーズできないような気がするんです。

ラネーフスカヤ　それなら善は急げね。だって一分もあれば充分ですもの。あの子を呼んでくるわ。

ロパーヒン　ちょうどシャンパンもある。（すべてのグラスに目をやる）あ、空っぽだ、誰かがもう飲んでしまってるなあ。

ヤーシャが咳払いをする。

ロパーヒン　こういうのを底なしっていうんだ。
ラネーフスカヤ　（生き生きと）ほんとによかったわ。わたしたち、席をはずすわね。ヤーシャ、行きましょ（アレー）！　あの子を呼ぶわね……。（ドアに向かって）ワーリャ、そっちはいいから、ちょっといらっしゃい。早く！（ヤーシャと共に退場）
ロパーヒン　（時計を見て）そうだな……。

間。

ドアの向こうで抑えた笑い声、囁き声、その後ついにワーリャが入ってくる。

ワーリャ　（周囲の荷物を長いあいだ眺めまわしている）変ね、どうしても見つからないわ。
ロパーヒン　何を探してるんです？
ワーリャ　自分で荷造りしたのに、覚えてなくて。

ロパーヒン　ワーリャさん、これからどうするんですか？
ワーリャ　わたし？　ラグリンさんの家に……お手伝いに行くの……家政婦ってとこかしら。
ロパーヒン　というとヤシュニェヴォ村に行くのか。七十キロはあるなあ。

間。

ロパーヒン　これで、この家の生活も終わりってことか……。

間。

ワーリャ　（周囲の荷物を眺めまわしながら）いったいどこ行っちゃったのかしら……もしかして、長持ちに入れたのかしら……そうね、この家の生活は終わってしまったわ……もう二度と戻っては来ない……。
ロパーヒン　おれはこれからハリコフに行く……同じ汽車で。仕事が山ほどあってね。この家にはエピホードフに残ってもらう……あの男を雇ったんだ……。
ワーリャ　そうですか！
ロパーヒン　去年のいまごろ、そういえば、もう雪が降ってたなあ。だけど今日は穏やかで陽が照ってる。ただ、寒くなったなあ……マイナス三度だ……。

ワーリャ　わたし、温度計、見てないの。

間。

ワーリャ　それに、うちの温度計、壊れてるし……。

間。

中庭からドアに向かって「ロパーヒンさん！……」と呼ぶ声がする。

ロパーヒン　（まるで、ずっと前から呼ばれるのを待っていたかのように）いま行くよ！（素早く退場）

ワーリャ、床に座り込み、衣類の入った包みに顔を埋め、さめざめと泣く。ドアが開き、ラネーフスカヤがそうっと入ってくる。

ラネーフスカヤ　どうだったの？

間。

ラネーフスカヤ　もう行かないとね。
ワーリャ　(もう泣いてはいない。両目の涙をぬぐって) そうね、時間だわ、おかあさま。わたし、今日じゅうにラグリンさんの家に行けそうです、汽車に乗り遅れなければ……。
ラネーフスカヤ　(ドアに向かって) アーニャ、コートを着て!

アーニャが入ってくる。そのあとにガーエフとシャルロッタが続く。ガーエフはフードのついた暖かいコートを着ている。召使や御者が近づいてくる。エピホードフが荷物のそばで忙しそうに動きまわっている。

ラネーフスカヤ　これで、出発できるわ。
アーニャ　(嬉しそうに) しゅっぱーつ!
ガーエフ　皆さん、親愛なる、大切な友人の皆さん! この家との永遠の別れに際して、この私が黙っていられましょうか、お別れに際して、いま私の全身から沸々と湧き上がる、この感情を言わずにいることなど、できましょうか……。
アーニャ　(哀願するように) おじさま!
ワーリャ　おじさま、やめて!

ガーエフ　（憂鬱そうに）黄玉を空クッションでセンターに……黙ります……。

トロフィーモフ、登場。そのあと、ロパーヒン、登場。

トロフィーモフ　さあ皆さん、出発の時間です！

ロパーヒン　エピホードフ、おれのコートをくれ！

ラネーフスカヤ　あと一分だけすわっていくわ。わたしまるで、この家の壁も、天井も、一度だってじっくり眺めたことがなかったみたい。いまになってはじめて、こんなにむさぼるように、優しい愛情を込めて、眺めているなんて……。

ガーエフ　覚えてるなあ、まだ私が六歳のとき、五旬節〔復活祭後五十日目、三位一体祭とも言う〕の日にこの窓辺にすわって外を眺めていると、パパが教会に歩いていくのが見えた……。

ラネーフスカヤ　荷物はぜんぶ運んだ？

ロパーヒン　これでぜんぶでしょう。（コートを着ながら、エピホードフに）エピホードフ、いいか、すべて任したからな。

エピホードフ　（しゃがれ声で話す）ご心配なく、ロパーヒンさま！

ロパーヒン　おまえ、その声どうした？

エピホードフ　いま水を飲んだら、何か変なものを飲みこんじゃって。

ヤーシャ　（軽蔑して）バッカなやつ……。
ラネーフスカヤ　私たちが行ってしまったら……ここには誰もいなくなるのね……。
ロパーヒン　ええ、春まではね。

　　ワーリャ、包みから傘を抜き出すが、まるで傘を振り上げたような格好になる。
　　ロパーヒンは驚いて、たじろぐような振りをする。

ワーリャ　あら、いやだ……わたし、まったくそんなつもりじゃ……。
トロフィーモフ　みなさん、馬車に乗りましょう……もう時間ですよ！……もうすぐ汽車が到着します！
ワーリャ　ペーチャ、ほらそこ、あなたのオーバーシューズよ、そのトランクの横。（涙ぐんで）これ、どうしてこんなに汚らしくて、くたびれてるの……。
トロフィーモフ　（オーバーシューズを履く）行きましょう、みなさん！
ガーエフ　（ひどく困惑している。泣くまいとしている）汽車……駅……バンクショットでセンターへ、白玉を空クッションでコーナーへ……。
ラネーフスカヤ　行きましょう！
ロパーヒン　全員揃いましたか？　中には誰もいませんね？（左側にある側面のドアの錠をおろす）こ

ここには荷物が積んであるから、閉めとかないと。さあ行こう！
アーニャ　さようなら、桜の園！　さようなら、古い生活！
トロフィーモフ　こんにちは、新しい生活！……（アーニャと共に退場）

ワーリャは部屋をひとめ見て、ゆっくりと去っていく。ヤーシャ、仔犬を連れたシャルロッタも退場。

ロパーヒン　これで、春までお別れだ。みなさん、出てください……いざ、さらばじゃ！……（退場）

ラネーフスカヤとガーエフのふたりだけが残る。まるでこの瞬間を待っていたかのようにお互いに相手の首に身を投げてひしと抱き合い、人に聞かれないように静かに、さめざめと泣く。

ガーエフ　（絶望して）妹よ、私の妹よ……。
ラネーフスカヤ　ああ、わたしの大切な、かけがえのない、うつくしい桜の園……わたしの命、わたしの青春、わたしの幸せ、永遠にお別れね！……さようなら！……

アーニャの声　（明るく、呼びかけるように）「ママー！……」
トロフィーモフの声　（楽しそうに、感激して）「おーい！……」
ラネーフスカヤ　この壁や、この窓を見るのも、これが最後ね。この部屋で過ごすのが大好きだったわね、亡くなったおかあさま……。
ガーエフ　妹よ、私の妹よ！……
アーニャの声　「ママー！……」
トロフィーモフの声　「おーい！……」
ラネーフスカヤ　わたしたちも、行きましょう！

ラネーフスカヤとガーエフは立ち去っていく。
舞台は空っぽになる。すべてのドアの錠が下ろされ、その後、馬車が出発するのが聞こえる。静かになる。静寂のなか、樹木を伐採する斧の鈍い音が響いてくる。その音には孤独な、哀しげな響きがある。

足音が聞こえて来る。右側のドアからフィルスが現われる。フィルスはいつものように背広と白いチョッキを身につけ、室内靴を履いている。フィルスは病気である。

フィルス　（ドアに歩み寄って、ドアノブに触れる）錠が下ろされてるな。行ってしまいになった……。（ソファに腰をおろす）わしのことは忘れて……まあ、構わんよ……ちょっとここにすわっていよう……ガーエフさまはきっと毛皮のコートをお召しでなく、普通のコートで行きなすったんだろうなあ……。（不安げにため息をつく）わしが見て差し上げなかったから……まだまだぼんぼんじゃからのう！（何かわけのわからないことを、ぶつぶつ呟く）人生の時は流れ去っていった、まるで生きてこなかったみたいだ……。（横になる）ちょっと横になろう……力ってもんが、もうない、なんにも残っちゃいない、なんにも……やい、このうつけ者が！……。（横たわったまま微動だにしない）

遥か彼方で、弦の切れたような音が、まるで空から降ってくるように響き渡る。その音は消え入るように悲しげに静まる。静寂が訪れ、ただ遠くの方から、庭の木を斧で伐採する音だけが聞こえてくる。

――幕――

訳者解説　安達紀子

1　『桜の園』に映し出された時代

チェーホフの最後の戯曲『桜の園』は、一九〇三年九月二十六日に書き上げられ、一九〇四年一月十七日にモスクワ芸術座で初演された。同年七月二日、チェーホフはドイツのバーデンワイラーで帰らぬ人となった。その後、彼のなきがらは牡蠣運搬用の列車でロシアに運ばれた。これはどこかチェーホフの戯曲の中に見られるちぐはぐさと似通っている。

チェーホフの四大劇はそれぞれに名作だが、『桜の園』は以前の三つの作品とは一線を画している。『桜の園』にだけ医者が登場しないし、銃声も響かない。桜の園の競売という事件が中心にあり、背景に大きな時代のうねりがある。『桜の園』の舞台となっている十九世紀末、あるいは二十世紀初頭は、帝政ロシアが音を立てて崩れる前夜、すなわち、ロシア革命の跫音が近づきつつあった時代である。

チェーホフは農奴制が廃止される前年の一八六〇年に生まれた。ロシアは専制政治と農奴制の上に築かれた帝国で、農奴制に関しては諸説があるが、十一世紀、キエフ・ルーシ（ルーシはロシアの古名）の時代から農民の移動が制限され、一六四九年に農民の移動の権利を停止する法令が出されて農奴制が完全に法令化された、と考えられている。貴族の優雅で贅沢な生活は、人権も移動の自由も奪われた農奴の労働によって支えられていた。一八六一年、農奴解放令が公布されたが、完全に解放された農奴は僅かで、大多数の農民が賦役の義務を課せられたまま、土地に縛られていた。農奴制は形を変えて二十世紀はじめまで存在しつづけた。チェーホフの祖父もかつては農奴だったが、三千五百ルーブルで自由の身分を買い取った。『桜の園』のなかで自分のことを「百姓は百姓だ」と呟く農奴の息子ロパーヒンも、自らの裁量で新興の商人となった人物である。

ロシアでは十八世紀において商人は貴族、僧侶に次ぐ三番目の階級とされた。十九世紀の末になると、商人たちのなかには地方議会の議員を務めたり、慈善活動をさかんにして名誉市民の称号や貴族の称号を得たりする者も現われた。一方、貴族たちは特権の制限、農村の貧困化、農民一揆の頻発などのために衰退化していったが、浪費癖、借金癖が抜けない者も多かった。生涯にわたって借金を重ね、借金を抱えたまま亡くなる貴族も決して少数派ではなかった。財力のある商人たちはやがて、浪費を重ねる地主貴族たちを領地から追い立てるようになった。

当時、ロシアの新聞雑誌には借金が返済できない地主の領地の競売、破産宣告などの告示が数多く見られた。チェーホフ自身、自分の領地があるメーリホヴォで零落した地主の生活ぶりをつぶさに観察し、覚え書きのなかにも、財産を使い果たした地主のことをメモしている。

ロパーヒンはラネーフスカヤに桜の園を別荘地として貸し出すことを提案しているが、ロシアに別荘というものが現われたのはピョートル大帝の時代で、国家に対する功労の報償として側近に与えられた。その後、別荘はもっぱら貴族のみが享受できる特権であったが、十九世紀の後半、貴族以外の者も別荘を持てるようになると、別荘ブームが到来し、一種の社会現象ともなった。ラネーフスカヤは別荘族を嫌ったわけだが、ロシアでは現在も別荘の建設が進み、たとえば首都モスクワでは週末ごとに郊外の別荘で過ごしたり、主に別荘で暮らして車で職場に通ったりするロシア人も増えた。別荘に菜園を作って野菜、果物を栽培する人たちもたくさん見受けられ、劇中のロパーヒンの言葉が予言として蘇る。

『桜の園』の登場人物たちが生きた時代には、人びとの地位や境遇に変化および逆転が起こっていた。使用人の息子ロパーヒンが桜の園を買い取るというような出来事は珍しいことではなかった。世紀と世紀の狭間、使用人の待遇にも変化が生じていた。かつて地主貴族の屋敷で使用人として働いた農奴たちは奴隷同然に扱われることもあったが、貴族の財力が衰えると、使用人を確保することが難しくなり。使用人の待遇も徐々に変わってきた。『桜の園』においても、年配の使用人たちの反抗的態度、ヤーシャの傲慢さなどに時代の移り変わりが反映されている。いちばん滑稽なのは、ドゥニャーシャがお嬢さまと小間使いの立場を逆転させて、四日間も寝ないでパリから帰ってきたお嬢さまのアーニャに、自分が結婚を申し込まれた話をしていることである。十九世紀ロシアの小説を読むと、お嬢さまの恋愛の話を聞いたり、恋文を恋愛の相手に渡したりするのも小間使いの大切な「仕事」のひとつであることがわかる。

2　時間に遅れてしまった人びと——関節が外れてしまった世界

『桜の園』に登場する人びとは、時間に遅れてしまったり、時間の流れから取り残されてしまったりした人びとである。誰よりも時間の流れから取り残されたのはフィルスであるが、ラネーフスカヤとガーエフも明らかに移り変わる時代から取り残されてしまった人びとである。しかし、時代の波に巧みに乗って、新興ビジネスの最先端を行くロパーヒンまでが劇中、二度も時間に遅れているのはたいへん意味深長である。幕開き早々、ロパーヒンはうっかり寝過ごして、駅でラネーフスカヤ夫人たちを出迎えることができなかった。夫人たちの汽車も二時間ほど遅れたにもかかわらず。第三幕においても、ロパーヒンとガーエフは桜の園の競売が四時前に終わったのに、汽車に乗り遅れて夜の九時半まで次の汽車を待つことになる。

第四幕の出発の前、ロパーヒンは「汽車が出発するまで、あと四十六分しかありません。二十分後には駅に向かわないといけませんよ」と皆を急かしているが、ラネーフスカヤは、「あと五分は大丈夫ね」「あと一分だけすわっていくわ」と言って、屋敷からすぐに立ち去ろうとはしない。ここに、彼女がまさしく時間の流れから立ち遅れていく人間であることがほのめかされている。

『桜の園』の劇世界においては関節がはずれてしまったかのように、さまざまなズレ、喰い違いが生じ、シリアスな会話の流れは切断され、意味のある言葉もときとして格下げされ相対化される。ここでは一致すべきものがうまく一致しないが、それはあらゆるレベルにおいて現われている。第一幕、桜は咲き誇っているのに、朝の冷え込みが厳しい。「この土地の気候はどうも感心しないなあ。ここの気候ときたら、季節にピタッと合わせるってことができないんだ」とエピホードフは言う。このセリフは、ズレと不一致と喰い違いから成り立つ劇世界の在りようを暗示するかのように響く。

人びとの対話も往々にして成立しない。聞いていない、とか、聞く気がない、という以上に、純粋に相手の言うことが聞こえてこないことがあるのだ。第一幕、ロパーヒンがラネーフスカヤに「奥さまを家族のように……いや家族以上に愛しています」（翻訳は「大切に思っています」と意訳した）と話しかけると、次の瞬間、彼女は「わたしじっとしてられないわ」と言って立ち上がると、興奮して部屋じゅうを歩きまわる。自分の想いにばかり気をとられているラネーフスカヤには、ロパーヒンの言葉が耳に入ってこない。「聞こえない」ということは、相手に対して心が向いていない、ということでもあるのだ。

第三幕、ユダヤ人の楽団の演奏が聞こえてきたとき、ラネーフスカヤ夫人とガーエフには聞こえるのに、ロパーヒンにはまったく聞こえてこない。これは、夫人たちとロパーヒンがまったく違う世界に住み、まったく異なった次元でものを考えることを暗示している。このようなお互いの相違、擦れ違いがときとして激しい対立と同じぐらい、いやそれ以上に恐ろしい事態を引き起こすことがある。それについてはのちほど述べてみたい。

『桜の園』には、グロテスクとも言えるほど奇妙な、カリカチュアのような人物たちが登場する。その代表と言えるのがシャルロッタ、シメオーノフ゠ピーシク、エピホードフである。彼らの存在そのものがズレていて、間が悪かったり、場違いだったり、「浮いて」いたりする。身分証も持たず手品ばかりしているシャルロッタ、先祖はカリギュラ皇帝の馬だと主張し、いつも借金と娘のダーシェンカの話をしているピーシク、そして「二十二の不幸せ」エピホードフ。

なぜ、エピホードフは二十二の不幸せなのか？　彼はいつも運が悪く、間が悪く、失態を繰り返す。それを不幸自慢として人に話すのが彼の趣味である。「二十二」という数字に意味はなく、ただ多いということを表わしているだけなのだが、ロシア語で発音すると（двадцать два несчастья ドゥヴァッツァッチ・ドゥヴァー・ニシャースチヤ）、とても語呂がいい。

エピホードフは箱を壊したり、つまずいたり、しわがれ声になったりするが、このエピホードフの「小さな不幸」はトロフィーモフ、ロパーヒン、ワーリャなどにも伝染している。トロフィーモフは階段から落ち、ロパーヒンは燭台を倒し、ワーリャはロパーヒンを殴りそうになったり、本当に殴ってしまったりする。エピホードフの影はほかの人たちにも波及し、劇世界に不条理な滑稽さを鏤《ちりば》める。そしてこれらの不条理な間の悪さはチェーホフの戯曲のなかで大きな役割を果たしているのだが、それについては追い追い話していきたい。

3　ペスト蔓延時の宴

ロシアの国民的天才詩人プーシキンの作品のなかに『ペスト蔓延時の宴』という戯曲がある。ペストが流行する街の路上で宴会を催す人びとの話だ。ロシアでは、この戯曲の題名は、深刻な事態が起こっているとき呑気にも遊び興じる人びとを揶揄するときに用いられる。たとえば、新型コロナ・ウィルス感染拡大が叫ばれるなか、休業要請で時間のできたロシア人たちがバーベキュー・パーティーを楽しんで感染してしまったのを受けて、「ペスト蔓延時の宴だ」という批判が聞かれた。日本にも似たような例はあるし、GO TOトラベルキャンペーンなども、まさしく「ペスト蔓延時の宴」を促すものだろう。

それはともかく、第三幕の舞踏会はまさしくペスト蔓延時の宴である。

モスクワ芸術座と同じ時期にチェーホフから『桜の園』を受け取ったメイエルホリドは、一九〇四年、ヘルソンの劇場でこの戯曲を演出するかたわら、トロフィーモフの役を演じた。メイエルホリドはチェーホフに宛てて、こう書いている。「戯曲はチャイコフスキーの交響曲のように抽象的です。演出家はなによりもまずその音を聞き取らなければなりません。第三幕で愚かしいダンスの〈ステップ〉の音を背景に——ここで聞き取らなければならないのは、この〈ステップ〉ですが、——誰にも気取られないうちに恐怖がしのびこんでいます。『桜の園が売却されました』。ところが人びとは踊ったまま。（中略）死の音が聞こえる陽気さとでもいうのでしょうか。」

これはいかにも、「チェーホフはリアリズムを洗練させ、それが象徴になるまで高めた」と評したメイエルホリドらしい表現である。

第三幕の通奏低音は桜の園の売却に対する、ラネーフスカヤをはじめとする登場人物たちの不安、動揺であろう。主旋律はユダヤの楽団の演奏に合わせて刻まれるダンスのステップ、すなわち、舞踏会特有の華やぎだ。そこへシャルロッタ、ピーシク、エピホードフがエキセントリックな対旋律、装飾音を投げかける。第三幕全体が不協和音の横溢する、アイロニカルでグロテスクな交響曲の第三楽章なのだ。

そして、第三楽章がそろそろ終わろうとしているところにクライマックスが訪れる。ロパーヒンとガーエフの帰宅、ロパーヒンによる桜の園の購入宣言。

　桜の園は、産業化、近代化のなかで壊されていく美しいもののシンボル、清らかな子供時代のシンボル、自然そのもののシンボルである。ラネーフスカヤがロパーヒンの提案に応じなかったのは、そのような桜の園が破壊されることに耐えられなかったからだ。彼女は自分が領地や財産を失うこと以上に、桜の園が消滅することのほうを恐れた。一方、ロパーヒンにとって桜の園は、父親に鞭打たれ、「奴隷」である屈辱を味わいながら、裸足で過酷な労働に明け暮れた苦しい思い出の場所だった。それだけに、優雅なラネーフスカヤ夫人が子供部屋にまで連れて行って傷の手当をしてくれたことは、ロパーヒンにとって屈辱と苦しみの日々のなかにたったひとつ浮かび上がる美しい想い出だったのだろう。それだからこそ、彼は五万ルーブルほど用立てして夫人を助けようとした。だが、それには桜の園を別荘地にするしか手立てがなかった。

　サンクトペテルブルグのマールイ・ドラマ劇場の『桜の園』（二〇一七年初演、ドージン演出）においては、第一幕、舞台のホリゾントのスクリーンに美しい桜の園が映し出されている。そのあとロパーヒンから桜の園を別荘地にする提案が出されると、桜の園の映像は消え去り、画面じゅうに別荘の写った小さな写真がいっぱい現われる。と、次の瞬間には、それらの写真も消えて、二十五ルーブルという文字が画面上にぎっしりと現われる。まるで映像を通じて、進歩という名の合理主義、利潤追求主義によって美しい自然が破壊される様子を目の当たりにしているかのように感じられる。

芸術家のように優しい繊細な指と心をもったロパーヒンだが、本気で夫人を救おうとした結果、彼女にとってなによりも大切な桜の園を伐採する張本人になってしまった。夫人の方は桜の園が破壊されることを避けようとした結果、自分に残された最後の生活手段と桜の園の両方を失うことになる。ロパーヒンにも、ラネーフスカヤにもまったく悪意も悪気もない。ただ二人ともそれぞれ、相手が求めるように考えることができないし、また自分とは違う世界に住む人間を理解することができないだけなのだ。これは長い歴史のなかで延々と形作られてきた考え方や生活様式の相違に根ざしたものなのだが、人が自分の望むようにすればするほど、相手によかれと思えば思うほど逆の結果になってしまうのは、なんとも皮肉なものだ。

4　超越した恋愛と恋愛以下の狭間で

チェーホフの戯曲には、幸福な恋愛は存在しない。ほとんどが片想いか、成就しない恋愛、あるいは長続きしない恋愛である。

トロフィーモフは劇中、二回もアーニャと自分の関係は「恋愛を超越している」と宣言する。それでは、第一幕の終り、トロフィーモフが感きわまって、アーニャのことを「ぼくの太陽！

ぼくの青春！」と言うのはどういうことなのだろうか？

「永遠の（万年）大学生」トロフィーモフは一八四〇年以降登場した雑階級知識人の流れを汲む人物だ。一八八一年のアレクサンドル二世暗殺ののち、ロシアは本格的に反動の時代に突入し、アレクサンドル三世（一八四五—一八九四）は政治的、思想的活動を徹底的に弾圧した。この暗黒時代を経て、社会の変革を求める声はますます大きくなり、一八九九年二月にはペテルブルグで学生紛争が起こってモスクワやそのほかの都市に波及し、やがてデモンストレーションやストライキが頻発するようになる。ロシアでは社会の変革を志向し革命に身を投じたのは、主に学生と農民出身の労働者だった。

「なにしろトロフィーモフはしょっちゅう流刑にあい、しょっちゅう大学を追われているんだ」とチェーホフ自身が手紙に書いている。それにしても彼が延々と「永遠の大学生」を続けているという事実、「あなたはなにもしないで、ただあっちこっち運命に振りまわされてるだけじゃない」というラネーフスカヤの言葉は、トロフィーモフという人間を格下げしてしまう。トロフィーモフの演説に対してアーニャが手をたたきながら「あなたのお話、最高！」と反応するのも、なんとなく拍子抜けがする。アーニャはトロフィーモフによって啓蒙され、変わったかのようだが、結局、二人の関係は嚙み合っておらず、恋愛を超越しているというより、恋愛のパロディといったほうが当たっているだろう。

『桜の園』を観た人、読んだ人の誰もが疑問をもつのは、なぜロパーヒンはワーリャに結婚を申し込まなかったのか、ということだ。これにはいろいろな解釈が成り立つが、そのシーンのセリフをひとつひとつ分析してみると、二人とも婚約が成立するように相手に対して働きかけているとは、とても思えない。

ロシアの演出では、ロパーヒンがワーリャではなくラネーフスカヤを愛しているがゆえに、ワーリャと結婚できなかったという解釈がある。タガンカ劇場でエフロスが一九七五年に演出した『桜の園』の映像を見ると、伝説の俳優ヴィソツキー演じるロパーヒンは、知的で存在感のある素晴らしい女優デミードワ演じるラネーフスカヤを、恋する者の熱い眼差しでじっと見つめている。エフロス以外にもそのような演出が存在する。

さきほど少し話したドージン演出の『桜の園』では、非常に魅力的でセクシーな人気俳優たちがロパーヒン（コズロフスキー）とワーリャ（ボヤルスカヤ）を演じていた。二人は熱烈な接吻を交わし、客席を幾つか潰して作られた本舞台から本来の舞台に駆け上がると、白い幕の後ろに隠れ、ほんの一瞬だけ愛のひとときをもつ、永遠に別れる前に。日本にも多くの若い女性ファンを持つコズロフスキーはインタビューでこう語った。「桜の園を破壊しようとするロパーヒンの行為のすべてが、子供のころに受けた恐ろしい悲劇的な心理的トラウマから生み出されたものだ。彼のエネルギーのすべてが、奴隷だった自分の恐ろしい過去の思い出をことごとく破壊することに向けられている。」

ロパーヒンが桜の園で味わった屈辱、ワーリャの桜の園に対する愛が二人の結婚を妨げたという解釈は大いに成り立つだろう。それにしても興味深いのは、二人の結婚が成立しない伏線のようなものが、劇世界のなかに散見されることだ。その伏線とは、ロパーヒンが間の悪いところでワーリャをからかって羊の鳴き声を発してしまうこと、ワーリャがエピホードフの代わりにロパーヒンを杖でなぐってしまうこと、祝杯として呑もうとしていたシャンパンが空っぽになっていたこと、などである。そもそも幕開きのシーン、ロパーヒンが駅に遅刻してしまったことが彼の運命に影を落としているような気がしてならない。『桜の園』の劇世界においては小さな失敗が大きな損失に繋がっていくかのようだ。そもそも、第一幕、ラネーフスカヤたちの汽車が遅れたこと自体が不吉で、桜の園売却という不幸を引き寄せてしまったようにも受け取れるのだ。チェーホフは劇中に巧みに伏線を張り巡らせ、何か運命の糸のようなものを感じさせる。

ラネーフスカヤ夫人の名前はロシア語で「愛、恋、恋愛、愛情」という意味のリュボーフィである。彼女が恋多き女性であることは名前によっても表わされている。彼女の父称はアンドレーヴナで、劇中、彼女は「リュボーフィ・アンドレーヴナ」と人から呼ばれているが、混乱を避けるために私は「奥さま」「奥さん」「ラネーフスカヤさん」と訳した。ちなみにこの翻訳では、ロパーヒンは桜の園を購入する以前は夫人のことを「奥さま」と呼び、購入したあとは

「奥さん」と呼ぶことにした。

パリの恋人からの電報に対する夫人の態度の変化については多くの人が指摘しているが、この電報はまさしくパリの恋人の存在と彼に対する夫人の心情を見事に表現している。宇野重吉氏は『桜の園』についての見事な演出ノートのなかで、三幕の舞踏会においてラネーフスカヤの関心はもはや桜の園にはなく、パリの男のほうに気持ちが飛んでしまっているというように指摘している。そういう解釈もありうるのかもしれないが、私は違うと考える。むしろ桜の園を失うことを感じ取って身体じゅうが震えている夫人は、何かにすがりつかざるをえなかったのではないだろうか。それゆえ夫人はパリの男とも長くは続かないことを感じつつ、とりあえずパリに行くことにしたのだ。それは夫人のしたたかさ、生命力なのではないだろうか。チェーホフはラネーフスカヤのことを「この手の女を黙らせることができるのは死のみである」と書いている。

ところでラネーフスカヤ夫人は、マノン・レスコー、カルメン、サロメなどに代表されるファム・ファタルのパロディなのではないだろうか。チェーホフの作品のなかでファム・ファタルのパロディを代表する登場人物といえば、『可愛い女』のオーレンカであろう。夫が変わるたびに夫と同じ考えをもち、夫の仕事を一心に手伝うけれど、三人の夫のうち二人までが彼女と暮らすうちに亡くなってしまう、というコミカルな、ちょっと怖いお話だ。ラネーフスカヤ夫人の場合も最初の夫はシャンパンを飲みすぎて亡くなり、次にできた恋人も三年間病床に臥せっていた。ロパーヒン、ピーシク、ガーエフのセリフからもラネーフスカヤがたいへん色香のある魅惑的な女性であることは充分に感じられるが、パリの恋人に身ぐるみはがれ、浮気をされ、振りまわされているラネーフスカヤは、ほんもののファム・ファタルにはなりえず、あくまでもファム・ファタルのパロディなのである。

5　なぜ『桜の園』は喜劇なのか？

これは多くの人が問いかけてきた疑問である。端的な答えは、チェーホフがそう名づけたから、となる。

宇野重吉氏が指摘するように、スタニスラフスキーをはじめとしてモスクワ芸術座の人びとが『桜の園』を悲劇と捉えたので、チェーホフとしてはそれを避けたかった、という理由があるだろう。チェーホフは湿っぽい、哀愁ただよう悲劇として『桜の園』が上演されることをなによりも恐れた。『桜の園』は喜劇として演じてこそ、本来の魅力が発揮される、と作家は同時代人や未来の演劇人たちにメッセージを送ったのだ。そもそも喜劇と銘打たれていなければ、『桜の園』は世界じゅうでこれほど上演されることはなかったのかもしれない。

チェーホフ自身、『桜の園』はところどころファルス（笑劇）でさえある、と述べている。たしかに『桜の園』にはボードヴィル的な人物たちをはじめとして、喜劇として演じうる要素がふんだんに盛り込まれているが、大いに笑える軽喜劇というわけではない。

西洋において喜劇は悲劇の対立概念で、シェイクスピアの諸劇を見てもわかるように、悲劇の多くが主人公等の死で終わるのに対し、喜劇は結婚などのハッピー・エンドで終わる。『桜の園』の結末を見ると、ラネーフスカヤは自分をふたたび捨てるであろう男のもとへ行き、ロパーヒンは春になれば桜の園の跡地に別荘を建てるであろう。エピホードフはロパーヒンに雇われたし、シャルロッタもロパーヒンに就職口を見つけてもらうことになっている。ヤーシャはパリへ行き、トロフィーモフはモスクワへ向かい、ワーリャにも家政婦の口がある。ピーシクはイギリス人から粘土に対する支払いを受け取ってなんとか生きていく。アーニャ、ドゥニャーシャ、屋敷内で亡くなったフィルス以外は全員、行き先がだいたい決まっている。劇中、唯一、なんらかの成長、変化が感じられるアーニャの先行きが示されていないのは、チェーホフにとってアーニャの運命も、人びとの未来も未知数であるということを意味しているのだろう。それでも、高齢のフィルス以外の人物たちの人生は、とにかく続いていくのだ。そんなわけで、これは喜劇のパロディと言えるのかもしれない。

ベルクソンは『笑い』という本のなかで、悲劇と喜劇の相違は個に対する執着と類に対する執着の違いだと定義づけている。すなわち、彼によると、悲劇はある孤高の個人を描くが、一方、喜劇は世間にありがちなタイプ、よく見かける性格を描き出し、「性格の類型」を追求する、というのだ。『桜の園』の場合、その登場人物の多くがロシアでよく見かけるタイプの人びとである。私はロシアで実際にロパーヒンのような仕事中毒の人たち、経済観念がなく恋人に棄てられては縒りを戻している女性たち、いつも哲学をこねまわして政治批判を好む人たち、いつもついていない自分の運命を嘆く人たちを見てきた。

いずれにしろ、『桜の園』には人間の愚かしさ、意志の弱さ、相互理解の欠如、人間存在そのものの不条理がアイロニカルに描かれていて、それをじっと見ている作者の目が絶えず感じられる。近代以降、喜劇の概念は曖昧になったと言われるが、チェーホフは喜劇の概念を変えた作家のひとりだと言えるだろう。チェーホフの喜劇をグロテスク喜劇、あるいは不条理喜劇と呼ぶこともできるだろうし、人間の在り方の真実を描くチェーホフ劇においては、軽い喜劇と重い喜劇が折り重なって、さまざまな種類の笑いが呼び起こされると同時に、つくづく考えさせられてしまう。いずれにしろ、『桜の園』に銘打たれた「喜劇」は、死を前にしたチェーホフからの大切なメッセージであり、病いの苦しみのなかでも笑いやユーモアを忘れないチェーホフの強い意志の力でもあるのだ。

6　弦の切れたような音

『桜の園』のフィナーレはじつに見事である。屋敷に閉じ込められたフィルスが「人生の時は流れ去っていった。まるで生きてこなかったみたいだ」と呟く。案外、多くの人が亡くなる前にこんな感慨を抱くのではないか、とふと思わせる一言だ。そして、最後に老人の口から「やい、うつけ者が！」という言葉が洩れる。これはロシア語ではнедотёпа（ニダチョーパ）という言葉で、「まぬけ、のろま」という意味だが、当時としては非常に長生きのフィルスが発する言葉なので、私は「うつけ者」という古い言葉を選んでみた。チェーホフがフィルスの口を通じて、私たち全員に「うつけ者」と言っているような気がして、またそれがあまりにも当たっているので、思わず微笑んでしまう。

フィナーレのト書きがまた絶品だ。「遥か彼方で、弦の切れたような音が、まるで天空から降ってくるように響き渡る。その音は消え入るように悲しげに静まる。静寂が訪れ、ただ遠くの方から、庭の木を伐採する音だけが聞こえてくる。」

これは未来の人びとに対するチェーホフの壮大なメッセージだろう。まるで天空から降ってきたような、弦が切れたような音。それが私には天の啓示、あるいは天からの警告のように思われる。『桜の園』が書かれた当初、この弦が切れたような音はその後に起ころうとしていたロシア十月革命の予兆だったのだろうか？

それではいまの私たちにとって、この音は何を暗示するのだろうか？　ふと『ワーニャおじさん』のアーストロフが森林伐採を批判していたことを思い出す。自然破壊に対する警告、これはチェーホフが後世の人びとに切実に訴えたかったことのひとつだろう。いま世界は破壊、破滅、破局――これら三つの破に囲まれて危機を迎えている。私たちはコロナ・ウィルスの感染拡大、そして災害の頻発といういままで経験したことのない試練のなかにいる。人類の歴史はコロナ以前とコロナ以降に分かれると言っても過言ではないかもしれない。人間は進歩を求めすぎて自然を痛めつけ、便利さと効率、利潤を追求しすぎてきた。それに対して自然が復讐をしているのだ。いま共通の運命のもとにある私たちは、考え方、立場の違う人間同士わかり合い、協力し合うことができるのだろうか？　さまざまな「桜の園」が破壊されるのは世の常であるが、チェーホフの『桜の園』の誕生から百年以上経ったいま、守るべき「桜の園」は何かということを、私たちはますます問いかけていかなければならないのだろう。そしてまた、ある「桜の園」を破壊せざるをえないとしたら、そこに何を建設すればよいのだろうか？

チェーホフは庭仕事をこよなく愛し、樹や花を植えることに夢中になっていた。ヤルタにあるチェーホフ文学記念館には彼自らが植えた樹木がいまも堂々と聳え立っている。同時にチェーホフは建設の仕事にも大いに魅了されており、生前、彼自身が図書館、学校、美術館、消防署などを建てるのに奔走した。チェーホフは、すべての人が自分の土地を何か良いことのために活用したら、世界はどれほど素晴らしいものになるだろう、と考えていたのだ。彼の最後の作品が『桜の園』であった理由がよくわかるような気がする。チェーホフは『桜の園』の人物たちの悲喜劇をアイロニカルに描きながら、人間は今後、世界に何を「建設」していくのか、を問うていたのかもしれない。

訳者あとがき

チェーホフは痛みや苦しみと共に生きていた。人間誰しも多かれ少なかれそうなのだろうが、チェーホフを含め後世に作品を残すような作家は、人一倍、痛みや苦悩を背負わされてきたのだろう。才能、苦悩とそれを克服する意志の力、そして湧き出でる創作意欲が奇跡のように出逢ったとき、神秘的な化学変化が起こり、見事な名作が生みだされる。

『桜の園』のロパーヒンは父親に殴られていたが、チェーホフ自身も父親にひどく殴られながら育った。チェーホフが中学生のとき父親は破産し、一家は夜逃げした。チェーホフだけが家に残り、家庭教師をしながら学校を卒業した。破れた靴を履いて家から家へと駆けまわり家庭教師をした。そのときの苛酷な極貧生活のせいでチェーホフは結核を患った。彼は体内に死を孕みながら生きた。ごく若いころから身体のレベルで死を間近に、リアルに感じながら生きていたのだ。そのうえ、つねに医者として病人や死期の近い人の治療にあたった。だから彼には観察眼だけでなく、透視する能力も備わっていたのだろう。スタニスラフスキーが興味深いエピソードを書き残している。チェーホフはスタニスラフスキーのもとで出会ったある人物のことを非常に気にかけて、折に触れ「彼は元気にしてますか？」と聞いた。スタニスラフスキーは不思議に思って、「なぜそんなに彼のことが気になるのですか?」と聞き返した。「彼はどうも自殺するような気がして」とチェーホフが言うので、スタニスラフスキーは驚いた。明るくて、およそ自殺などしそうにない人物だったから。しかし、しばらくしてその人が本当に自殺してしまったとき、スタニスラフスキーはチェーホフの観察眼の鋭さに驚愕した。

そんなチェーホフが描き出す人物たちは、カリカチュアのような人物も含め、リアルで現実味がある。翻訳をするとき、その人たちの声が実際に聞こえてくるように訳したい、その人たちの姿が読んでいる人たちの目の前に浮かび上がるように訳したい、という思いはいつもあった。できることなら、その人たちの身体感覚、体温、心の声も伝えたい、などと大それたことも考えていた。そして想像のなかで、いつもチェーホフと対話をした。最初、ラネーフスカヤのイメージがつかめないでいると、「すべての女性のなかにラネーフスカヤは住んでいます。とくにロシアの女性のなかにはね」とチェーホフの声が聞こえてきたような気がした。すると、ロシアの知人、友人の女性たちが目の前に浮かんできて、そのなかにラネーフスカヤにかなり似ている人たちがいることに気づいた。すると、ラネーフスカヤが自然に話しはじめてくれた。こんなことを書くと、自分が黒衣の僧と話したコヴリンのようにも思えてくるが……

翻訳というのは、作品世界のなかに入り込んで、作者と共同作業をしつつ、外国語で書かれた作品に、母国語の作品としての新たな生命を吹き込むことなのだ、と改めて思った。また、翻訳はまぎれもなく解釈であり、ロシア語で話す人物を日本語で話す人物として造形しなおすことでもある。そのときに作者が意図した人物の本質を変えてしまってはならない。私自身が望んだような翻訳ができたかどうかは、ひとえに読者の皆さま方の審判を待つしかない。

ロシア文学というのは、そもそも問いかけの文学である。とくにチェーホフの作品、とりわけ『桜の園』には問いかけが詰まっている。この世のなかには答えられる問いかけより、答えられない問いかけのほうが遙かに多いが、チェーホフの問いかけに対する答えはつねにひとつではないし、時とともに変わっていくものでもある。だからこそ、チェーホフは読まれ続け、上演され続けるのだろう。

翻訳に際してはアカデミー版の『チェーホフ作品・書簡全集』全三十巻の第十三巻 А.П.Чехов. Полное собрание сочинений и писем. в 30-ти томах., томXIII (Москва, Наука, 1978) を使用した。登場人物の呼び名は、名前と父称で呼ばれている場合、混乱を避けるため苗字に直した。名前の表記は前例に従いながら、一部、自分のイメージに従って表記した（フィルス、ピーシクなど）。

今回、チェーホフの『桜の園』を訳すという栄誉を私に与えてくださったのは文学座の演出家、五戸真理枝氏である。彼女が演出する、しんゆりシアターの上演用に訳させていただいた。訳文のなかには、五戸氏の貴重なご指摘によって修正した箇所もある。心から感謝しています。

翻訳するにあたって、堀江新二氏、浦雅春氏、神西清氏、牧原純氏、小野理子氏の翻訳を参考にさせていただいた。諸氏にも感謝申し上げます。

原文のわからない箇所を親切に教えてくださった演出家のナターリヤ・イワノワ先生、出版を快諾し、適切な助言をくださった西谷能英氏にもこの場を借りて心よりお礼申し上げます。最後に、私の『桜の園』の翻訳を読んでくださった読者の皆さま、死の床で『桜の園』を書き上げたチェーホフにも、ここに感謝の意を捧げます。

二〇二〇年九月十日

安達紀子

この翻訳を先日亡くなった愛猫リータに捧げます。

〔著者略歴〕
アントン・パーヴロヴィチ・チェーホフ（1860 ~ 1904）
1860 年、南ロシアの町タガンローグで雑貨商の三男として生まれる。
1879 年にモスクワ大学医学部に入学し、勉学のかたわら一家を養うためにユーモア小説を書く。
1888 年に中篇小説『曠野』を書いたころから本格的な文学作品を書きはじめる。
1890 年にサハリン島の流刑地の実情を調査し、その見聞を『サハリン島』にまとめる。『犬を連れた奥さん』『六号室』など短篇・中篇の名手であるが、1890 年代末以降、スタニスラフスキー率いるモスクワ芸術座と繋がりをもち、『かもめ』『桜の園』など演劇界に革新をもたらした四大劇を発表する。持病の結核のため 1904 年、44 歳の若さで亡くなるが、人間の無気力、矛盾、俗物性などを描き出す彼の作品はいまも世界じゅうで読まれ上演されている。

［訳者略歴］
安達紀子（あだち・のりこ）
早稲田大学大学院文学研究科博士課程満期退学。
早稲田大学、慶応外語講師、ロシア演劇専攻。
著書に『モスクワ狂詩曲——ロシアの人びとへのまなざし 1986-1992』（新評論、1994 年）、『モスクワ綺想曲——ロシアの中のモスクワ、モスクワの中のロシア』（新評論、1998 年）、『ゲルギエフ——カリスマ指揮者の軌跡』（東洋書店、ユーラシア・ブックレット、2005 年）、『ロシア　春のソナタ、秋のワルツ』（新評論、2010 年）
訳書にチェーホフ『三人姉妹——四幕のドラマ』（群像社、2004 年）、ゴーリキー『どん底』（群像社、2019 年）
共訳にスタニスラフスキー『俳優の仕事』（未來社、2008-2009 年、日本翻訳出版文化賞受賞）
1999 年、小野梓記念芸術賞を受賞。同年、ロシア文化省からプーシキン記念メダルを授与される。

[転換期を読む 27]
［新訳］桜の園

2020年10月31日　初版第一刷発行

本体1800円＋税――――定価
アントン・チェーホフ――――著者
安達紀子――――訳者
西谷能英――――発行者
株式会社　未來社――――発行所
東京都世田谷区船橋1－18－9
振替00170-3-87385
電話(03)6432-6281
http://www.miraisha.co.jp/
Email:info@miraisha.co.jp
萩原印刷――――印刷・製本
ISBN 978-4-624-93447-7 C0374

未紹介の名著や読み直される古典を、ハンディな判で

［消費税別］

シリーズ❖転換期を読む

1 望みのときに
モーリス・ブランショ著◉谷口博史訳◉一八〇〇円

2 ストイックなコメディアンたち——フローベール、ジョイス、ベケット
ヒュー・ケナー著◉富山英俊訳／高山宏解説◉一九〇〇円

3 ルネサンス哲学——付：イタリア紀行
ミルチア・エリアーデ著◉石井忠厚訳◉一八〇〇円

4 国民国家と経済政策
マックス・ウェーバー著◉田中真晴訳・解説◉一五〇〇円

5 国民革命幻想
上村忠男編訳◉一五〇〇円

6 ［新版］魯迅
竹内好著◉鵜飼哲解説◉二〇〇〇円

7 幻視のなかの政治
埴谷雄高著◉高橋順一解説◉二四〇〇円

8 当世流行劇場——18世紀ヴェネツィア、絢爛たるバロック・オペラ制作のてんやわんやの舞台裏
ベネデット・マルチェッロ著◉小田切慎平・小野里香織訳◉一八〇〇円

9 〔新版〕澱河歌の周辺
安東次男著◉粟津則雄解説◉二八〇〇円

10 信仰と科学
アレクサンドル・ボグダーノフ著◉佐藤正則訳・解説◉二二〇〇円

11 ヴィーコの哲学
ベネデット・クローチェ著◉上村忠男編訳・解説◉二〇〇〇円

12 ホッブズの弁明／異端
トマス・ホッブズ著◉水田洋編訳・解説◉一八〇〇円

13 イギリス革命講義——クロムウェルの共和国
トマス・ヒル・グリーン著◉田中浩・佐野正子訳◉二二〇〇円

14 南欧怪談三題
ランペドゥーザ、A・フランス、メリメ著◉西本晃二編訳・解説◉一八〇〇円

15 音楽の詩学
イーゴリ・ストラヴィンスキー著◉笠羽映子訳・解説◉一八〇〇円

16 私の人生の年代記 ストラヴィンスキー自伝
イーゴリ・ストラヴィンスキー著◉笠羽映子訳・解説◉二二〇〇円

17 教育の人間学的考察【増補改訂版】
マルティヌス・J・ランゲフェルト著◉和田修二訳／皇紀夫解説◉二八〇〇円

18 ことばへの凝視――粟津則雄対談集
粟津則雄◉三浦雅士解説◉二四〇〇円

19 宿命
萩原朔太郎著◉粟津則雄解説◉二二〇〇円

20 イタリア版「マルクス主義の危機」論争――ラブリオーラ、クローチェ、ジェンティーレ、ソレル
上村忠男監修・解説◉イタリア思想史の会編訳◉三二〇〇円

21 海女の島　舳倉島〔新版〕
フォスコ・マライーニ著◉牧野文子訳◉岡田温司解説◉一八〇〇円

22 向井豊昭傑作集　飛ぶくしゃみ
向井豊昭著◉岡和田晃編・解説◉二二〇〇円

23 プロレタリアートの理論のために――マルクス主義批判論集
ジョルジュ・ソレル著◉上村忠男・竹下和亮・金山準訳◉二八〇〇円

24 精神の自己主張――ティリヒ＝クローナー往復書簡 1942-1964
フリードリヒ・ヴィルヘルム・グラーフ、アルフ・クリストファーセン編◉茂牧人・深井智朗・宮崎直美訳
◉二二〇〇円

25 ドイツ的大学論
フリードリヒ・シュライアマハー著◉深井智朗訳◉二二〇〇円

26 エマソン詩選
ラルフ・ウォルドー・エマソン著◉小田敦子・武田雅子・野田明・藤田佳子訳◉二四〇〇円

本書の関連書

［消費税別］

＊『俳優の仕事　第一部』──俳優教育システム
コンスタンチン・スタニスラフスキー著◉岩田貴・堀江新二・浦雅春・安達紀子訳◉五八〇〇円

＊『俳優の仕事　第二部』──俳優教育システム
コンスタンチン・スタニスラフスキー著◉堀江新二・岩田貴・安達紀子訳◉五八〇〇円

＊『俳優の仕事　第三部』──俳優の役に対する仕事
コンスタンチン・スタニスラフスキー著◉堀江新二・岩田貴・安達紀子訳◉四八〇〇円

＊スタニスラフスキーとヨーガ
セルゲイ・チェルカッスキー著◉堀江新二訳◉一八〇〇円